· 中国现代经典新诗集汇校本丛书 ·

夜　歌

何其芳　著

王彪　汇校

金宏宇　易彬　主编

长江出版传媒　长江文艺出版社

图书在版编目（CIP）数据

夜歌 / 何其芳著 ；王彪汇校. -- 武汉 ： 长江文艺
出版社，2024. 12. --（中国现代经典新诗集汇校本丛书 /
金宏宇，易彬主编）. -- ISBN 978-7-5702-3797-5

Ⅰ. Ⅰ226

中国国家版本馆 CIP 数据核字第 2024VJ7524 号

夜歌
YEGE

责任编辑：张　贝	责任校对：程华清
封面设计：胡冰倩	责任印制：邱　莉　丁　涛

出版：　长江出版传媒　长江文艺出版社
地址：武汉市雄楚大街 268 号　　　邮编：430070
发行：长江文艺出版社
http://www.cjlap.com
印刷：中印南方印刷有限公司

开本：640 毫米×960 毫米　　1/16　　印张：17.25
版次：2024 年 12 月第 1 版　　2024 年 12 月第 1 次印刷
字数：167 千字

定价：30.00 元

汇校说明

《夜歌》是何其芳的第二本诗集。它是作者过渡时期情感、思想、艺术转换与矛盾的一个集束，一个鲜活的表征。表现的深刻与诗艺的探索也让它在中国新诗史上占据着重要位置。《夜歌》的版本并不多也不复杂，但每版都有着重要的改动，这些改动关乎诗学与文学史的重要问题。期待这个汇校本对《夜歌》版本及新诗史的深入研究有所裨益。

一、《夜歌》的四个重要版本：

（1）诗文学社本，即初版本。1945年5月由诗文学社刊行，为《诗文学丛书》之四，繁体竖排。封面为白底绿字。编辑者邱晓崧、魏荒弩，出版者诗文学社（重庆临江顺城街二十二号），发行人邱晓崧。该版共收录26首诗作，《后记》1篇。诗作按目录顺序依次为：《成都，让我把你摇醒》《一个泥水匠的故事》《夜歌（一）》《夜歌（二）》《夜歌（三）》《夜歌（四）》《我们的历史在奔跑着》《快乐的人们》《夜歌（五）》《叫喊》《夜歌（六）》《夜歌（七）》《黎明》《河》《鄜鄠戏》《我为少男少女们歌唱》《生活是多么广阔》《虽说我们不能飞》《我看见了一匹小小的驴子》《从那边走过来的人》《我把我当作一个兵士》《平静的海埋藏着波浪》《我想谈说种种纯洁的事情》《这里有一个短短的童话》《多少次呵当我离开了我日常的生活》《什么东西能够永存》。1996年，浙江文艺出版社《中国新诗经典》（第一辑）的《预言》（及《夜歌》）即依此版重排。

（2）文化生活本，即再版本。1950年1月由文化生活出版社刊行，繁体竖排。封面为白底红字，书名及作者名均为作者手迹。编辑者水星社，发行者文化生活出版社（上海钜鹿路一弄八号 重庆民国路一四五号），定价十二元七角。该版在诗文学社本的基础上增补8首诗作，共计34首；另将诗文学社本《后记》更名为《后记一》且略作修改，增补《后记二》。增补的诗作按目录顺序依次为：《解释自己》《革命——向旧世界进军》《给T.L.同志》《给L.I.同志》《给G.L.同志》《让我们的呼喊更尖锐一些》《〈北中国在燃烧〉断片（一）》《〈北中国在燃烧〉断片（二）》。

（3）人文本，即重印本。1952年5月由人民文学出版社刊行，繁体竖排，更名为《夜歌和白天的歌》。封面为白底黑字，底部略有绿带花纹装饰，书名及作者名为印刷字体。该书初版印刷5000册，定价9300元，由三联·中华·商务·开明·联营联合组织中国图书发行公司总经售。该本在文化生活本的基础上抽去10首诗，增补1945年后作的3首诗，共计收入27首。按照编年排列诗作次序，对部分诗作做局部删改，集前增加《重印题记》，集后删除《后记二》，将《后记一》更名为《初版后记》并做修订。诗作按目录次序为：《成都，让我把你摇醒》《一个泥水匠的故事》《夜歌（一）》《夜歌（二）》《夜歌（三）》《我们的历史在奔跑着》《快乐的人们》《夜歌（四）》《叫喊》《夜歌（五）》《〈北中国在燃烧断片（一）》《革命——向旧世界进军》《让我们的呼喊更尖锐一些》《黎明》《河》《郿鄠戏》《我为少男少女们歌唱》《生活是多么广阔》《虽说我们不能飞》《我看见了一匹小小的驴子》《从那边走过来的人》《我把我当作一个兵士》《多少次呵当我离开了我日常的生活》《〈北中国在燃烧〉断片（二）》《重庆街头所见》《新中国的梦想》《我们最伟大的节日》。

（4）全集本。2000年5月，《何其芳全集》由河北人民出版社刊行。《夜歌》收入全集第一卷，体例"以初版的原貌编入，并将后来再版和重订版增加的诗，以及后记与题记，都编印在它后面"，可看作一个汇众版。但全集本未能顾及不同版本中同一诗作的修改情况。

二、本书以诗文学社本为底本，以文化生活本、人文本及单篇诗作刊载于报刊的版本进行汇校。体例如下：

（1）底本录入时除竖排繁体转换为横排简体之外，其余一一照旧。

（2）文化生活本、人文本增加的诗作，以及《后记》《重印题记》依次编排在初版本诗作的后面，并以最先录入的本子为底本进行汇校。

（3）本书以脚注形式进行汇校。

（4）凡文本中字、词、句、段落及标点符号有改动者，均用引号将改动之处摘出校录。同一处中几个版本都有变动者，按出版先后顺序排列。

（5）各版本中有脱字、漏字及模糊不清者，均以□代之。

发表篇目统计表

篇目	发表刊物
《成都，让我把你摇醒》	刊载于《工作》第 7 期，1938 年 6 月 16 日。
《一个泥水匠的故事》	刊载于《中国文化》1940 年创刊号，第 75—77 页。又刊于《十日文萃》1940 年第 1 卷第 4、5 期，第 34—36 页。
《夜歌（一）》	此三首诗曾以《夜歌》为题刊载于《大公报》（香港）1940 年 7 月 13 日，第八版《文艺》第 880 期。
《夜歌（二）》	
《夜歌（三）》	
《我们的历史在奔跑着》	刊载于《大公报》（香港）1940 年 11 月 23 日，第八版《文艺》第 974 期。
《夜歌（五）》	以《夜歌（第六）》为题刊载于《大公报》（香港）1941 年 3 月 13 日，第八版《文艺》第 1050 期；又以《夜歌》为题刊载于《大公报》（桂林）1941 年 3 月 28 日，第四版《文艺》（桂字）第 5 期。
《叫喊》	刊载于《大公报》（香港）1941 年 5 月 1 日，第八版《文艺》第 1085 期；又载于《大公报》（桂林）1941 年 5 月 12 日，第四版《文艺》（桂字）第 24 期。

（续表）

篇目	发表刊物
《夜歌（六）》 《夜歌（七）》	以《夜歌两首》为题刊载于《诗文学》1945 年第 2 期，第 10—12 页。
《黎明》 《河》 《郿鄠戏》	以《诗三首——黎明、河、郿鄠戏》为题载于《草叶》1941 年创刊号；又以《短歌三首》为题载于《文艺生活》（桂林）1942 年第 1 卷第 6 期，第 43 页。 　　其中《河》《郿鄠戏》又以《诗二章》为题载于《力报副刊·半月文艺》1942 年第 19 期，第 18 页；《黎明》又载于《诗创作》1942 年第 8 期，第 1 页。
《革命——向旧世界进军》	载于《解放日报》1941 年 5 月 25 日。
《我为少男少女们歌唱》 《生活是多么广阔》 《虽说我们不能飞》 《我看见了一匹小小的驴子》 《从那边走过来的人》	此六首诗以《歌六首》为题载于《解放日报·文艺》第 51 期，1941 年 12 月 8 日；又载于《力报副刊·半月文艺》1942 年第 17—18 期，第 49—52 页；又载于《天下文章》1943 年第 3 期，第 79—82 页；又以《我为少男少女们歌唱》为总题载于《大公报》（桂林）1942 年 9 月 30 日，第四版《文艺》（桂字）第 197 期。 　　其中《我为少男少女们歌唱》载于《文萃》1945 年第 6 期，第

（续表）

篇目	发表刊物
《我把我当作一个兵士》	20 页；又由黄肯谱曲，作为歌词载于《音乐知识》1943 年第 1 卷第 5 期，第 39—40 页。
《给 G.L. 同志》	总题为《叹息三章》载于《解放日报·文艺》第 88 期，1942 年 2 月 17 日。
《给 L.I. 同志》	
《给 T.L. 同志》	
《平静的海埋藏着波浪》	《我想谈说种种纯洁的事情》《什么东西能够永存》《多少次呵当我离开了我日常的生活》此三首以《诗三首》为题载于《解放日报》1942 年 4 月 3 日。
《我想谈说种种纯洁的事情》	《平静的海埋藏着波浪》《我想谈说种种纯洁的事情》《这里有一个短短的童话》《什么东西能够永存》《多少次呵当我离开了我日常的生活》此五首总题为《平静的海埋藏着波浪》载于《大公报》（桂林）1942 年 10 月 22 日，第四版《文艺》（桂字）第 203 期。
《这里有一个短短的童话》	
《什么东西能够永存》	
《多少次呵当我离开了我日常的生活》	
《〈北中国在燃烧〉断片（一）》	其中一部分曾以《过同蒲路——〈北中国在燃烧〉第二部分〈进军〉的第一片段》为题载于《中国文化》1940 年第 1 卷第 5 期，第 52—53 页。

（续表）

篇目	发表刊物
《〈北中国在燃烧〉断片（二）》之一	以《黎明之前》为题载于《草叶》1942 年第 4 期；又载于《文学集林》（福建南平）1944 年第二辑，第 36—38 页；又以《黎明以前》为题载于《春秋》（上海 1943）1944 年第 2 卷第 1 期，第 120—121 页。
《〈北中国在燃烧〉断片（二）》之二	以《寂静的国土》为题载于《谷雨》第 5 期，1942 年 6 月 15 日。
《〈北中国在燃烧〉断片（二）》之三	以《一个造反的故事》为题载于《解放日报》1942 年 7 月 4 日。
《〈北中国在燃烧〉断片（二）》之四	以《都市——〈北中国在燃烧〉之一节》为题刊载于《青年文艺》（桂林）1944 年第 3 期，第 20—21 页。
《重庆街头所见》	以《笑话》为题初刊于《新华日报》1944 年 9 月 16 日。
《新中国的梦想》	以《新中国的梦想将要实现——为政治协商会议获得重大成果而作》为题刊载于《中原·文艺杂志·希望·文哨联合特刊》1946 年第 1 卷第 3 期，第 11—13 页。
《我们最伟大的节日》	刊载于《人民文学》创刊号 1949 年 10 月。

汇校版本书影

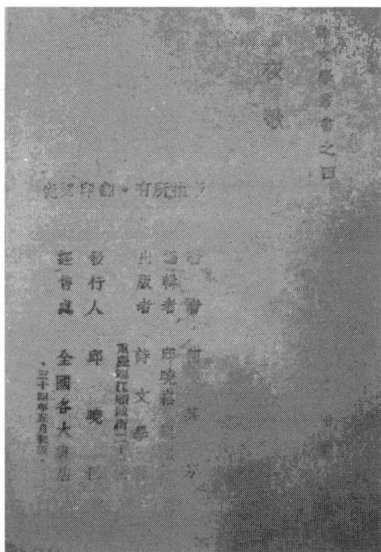

1945 年 5 月诗文学社本（初版本）

诗文学社出版

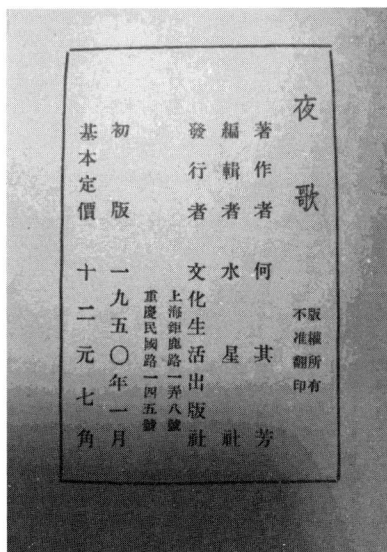

1950年1月文化生活本

文化生活出版社出版

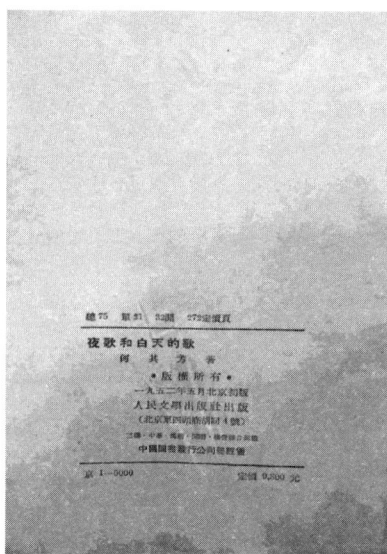

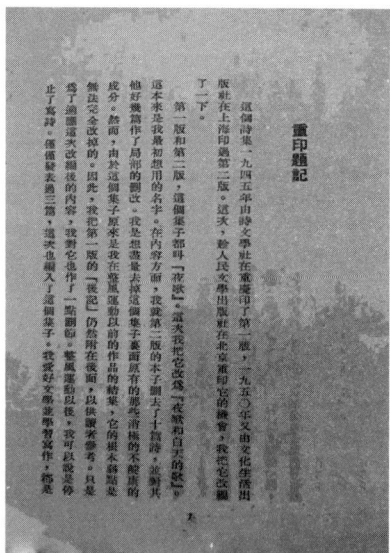

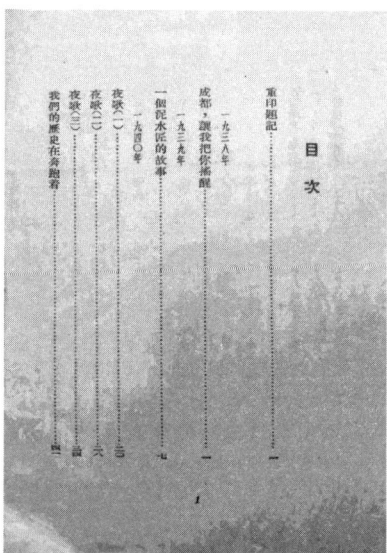

1952 年 5 月人文本

人民文学出版社出版

图书在版编目(CIP)数据

何其芳全集/何其芳著；蓝棣之主编.—石家庄：河
北人民出版社，2000.5
ISBN 7－202－02529－9

Ⅰ.何…　Ⅱ.①何…②蓝…　Ⅲ.文学作品综合
集 中国 当代　Ⅳ.I217.2

中国版本图书馆 CIP 数据核字 (2000) 第 27659 号

书　名　何其芳全集(全八卷)
责任编辑　李　方
美术编辑　李　欣
封面设计　馨　宇
责任校对　付敏华
出版发行　河北人民出版社(石家庄市友谊北大街 330 号)
经　销　新华书店
印　刷　河北新华印刷一厂
开　本　850×1168 毫米 1/32
印　张　136.875
字　数　2330000
版　次　2000 年 5 月第 1 版　2000 年 5 月第 1 次印刷
印　数　1—1500
书　号　ISBN 7－202－02529－9/I·543
定　价　(精)195.00 元

版权所有　翻印必究

1971年摄。

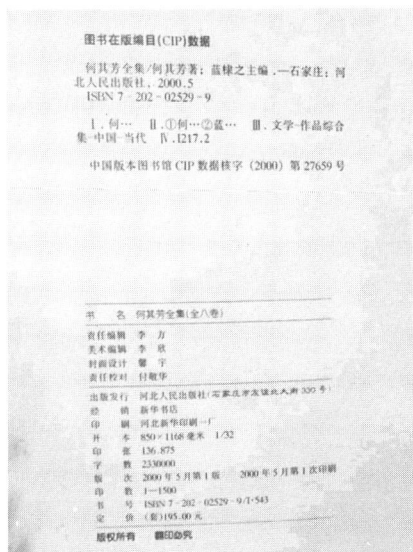

2000 年全集本(《夜歌》收入第一卷)

河北人民出版社出版

目　录

夜歌

附录

成都，让我把你摇醒 ①

的确有一个大而热闹的北京，
然而我的北京又小又幽静的。

——爱罗先珂

1②

成都又荒凉又小，

又像度过了无数荒唐的夜的人
在睡着觉，③

虽然也曾有过游行的火炬的燃烧，
虽然也曾有过凄厉的警报，

---

① 此诗初刊于《工作》第 7 期，1938 年 6 月 16 日。此处录自诗文学社本，以文化生活本与人文本进行汇校。

② 人文本"1"作"一"。

③ 文化生活本、人文本以上三行合为一节。

虽然一船一船的孩子

从各个战区运到重庆①，

只剩下国家是他们的父母，

虽然敌人无昼无夜地轰炸着

广州，我们仅存的海上的门户

虽然连绵万里的新的长城

是前线兵士的血肉。

我不能不像爱罗先珂一样

悲凉地叹息了：

成都虽然睡着，

却并非使人能睡的地方。

而且这并非使人能睡的时代。

这时代使我想大声地笑，

又大声地叫喊，

而成都却使我寂寞，

使我寂寞地想着马耶阔夫斯基②

对叶赛宁的自杀的非难：

"死是容易的，

活着却更难。"

---

① 人文本"重庆"作"后方"。

② 文化生活本"马耶阔夫斯基"作"马耶可夫斯基"；人文本"马耶阔夫斯基"作"马雅可夫斯基"。

2①

从前在北方我这样歌唱。②

"北方，你这风瘫了多年的手膀，
强盗的拳头已经打到你的关节上，
你还不重重地还他几耳光？

"北方，我要离开你，回到家乡，
因为在你僵硬的原野上，
快乐是这样少
而冬天却这样长。"

于是马哥孛罗桥③的炮声响了，
风瘫了多年的手膀
也高高地举起战旗反抗，
于是敌人抢去了我们的北平，上海，④南京，
无数的城市在他的蹂躏之下呻吟，

---

① 人文本"2"作"二"。
② 文化生活本、人文本"。"均作"："。
③ 人文本"马哥孛罗桥"作"卢沟桥边"。
④ 人文本此处两","均作"、"。

于是谁都忘记了个人的哀乐，

全国的人民连接成一条钢的链索。

在长长的钢的链索间

我是极其渺小的一环，

然而我像最强顽的那样强顽。

我① 像盲人的眼睛终于睁开，

从黑暗的深处看见光明，

那巨大的光明呵，

向我走来，

向我的国家走来……②

3③

然而我在成都。④

这里有⑤ 享乐，⑥ 懒惰的风气，

和罗马衰亡时代一样讲究着美食。⑦

---

① 人文本删除"我"。

② 文化生活本"……"作"…"。

③ 人文本"3"作"三"。

④ 文化生活本、人文本"。"均作"，"。

⑤ 文化生活本、人文本"有"均作"有着"。

⑥ 人文本"，"作"、"。

⑦ 文化生活本、人文本"。"均作"，"。

而且因着污秽，陈腐，^① 罪恶

把它无所不包的肚子装饱，

遂在阳光灿烂的早晨还在睡觉^②，

虽然也曾有过游行的火炬的燃烧，

虽然也曾有过凄厉的警报。

让我打开你的窗子，你的门，

成都，让我把你摇醒，

在这个^③ 阳光灿烂的早晨！

一九三八年六月。^④ 成都

---

① 人文本此句两处","均作"、"。

② 人文本"遂在阳光灿烂的早晨还在睡觉"作"它在阳光灿烂的早晨还睡着觉"。

③ 文化生活本、人文本"这个"均作"这"。

④ 文化生活本、人文本"。"均作","。

一个泥水匠的故事①

"同志，请你告诉我

一个叙述着人的意志的坚强的故事②。

告诉我一个人怎样用意志

征服了困难，③痛苦或者甚至死亡，

光荣地完成了他的胜利，

如上一次那个④曾经在失陷后的东三省⑤

做过地下工作的同志

说他有一次被暗探抓去⑥，

面对着墙壁站了六天六夜，

没有被逼出一句秘密，

或者如古代的小说描写的⑦一位壮士，

---

①　本诗最早刊载于《中国文化》1940年创刊号，第75—77页；又刊载于《十日文萃》1940年第1卷第4、5期，第34—36页。此处录自诗文学社本，以《中国文化》本、文化生活本、人文本汇校。

②　人文本"一个叙述着人的意志的坚强的故事"作"一个意志坚强的人的故事"。

③　人文本"，"作"、"。

④　《中国文化》本"如上一次那个"作"如上次一个"。

⑤　人文本"曾经在失陷后的东三省"作"在沦陷区"。

⑥　人文本此行作"他被敌人的暗探抓去"。

⑦　《中国文化》本无"的"。

当① 医生割开了② 他中箭后的手臂，

用刀子刮着他骨上的毒质，

还神色不变地和人下着围棋。"

"在今天，这种③ 故事实在太多太多。

从北方到南方，

有着战争的地方就有着死亡。

太多太多的人在坚强地搏斗，

为了自由，为了信仰。"

"我愿意听一个……④"

"好。我就讲一个泥水匠。

在雁门关的⑤ 北边，

有一个村子名叫细腰涧。

我们的主人⑥ 王补贵

（依照山西的读法是阿不归）

在那里有两间窑洞，三亩地，

---

① 人文本删除"当"。

② 《中国文化》本无"了"。

③ 文化生活本、人文本"这种"均作"这样的"。

④ 文化生活本"……"作"…"。

⑤ 《中国文化》本无"的"。

⑥ 《中国文化》本、文化生活本、人文本"主人"均作"主人公"。

一个老婆，① 一个刚断奶的孩子。

他像所有的农民一样② 活得异常朴素，

在他的③ 生活里几乎分不出快乐和痛苦。

除了农忙的时候，除了下雨天，

他间或又带一块木板，一把刀，

去抹人家的墙壁，去修理灶，

去找一点额外的收入

来买几升过冬的小米。

"战争来了。战争把农民④ 赶到山里面。

十几个到乡间来抢劫妇女的敌人

被我们的游击队截断了归路，

而且最后，在一个碉堡内被我们围住。

经过了一夜一天，经过了劝降的呼喊，

敌人的顽固激怒了我们的战士：⑤

有的提议继续围下去，把他们饿死，⑥

有的反对：'你这等于让他们等待救援！

不如用火攻，那最省事！⑦'

---

① 《中国文化》本无","。

② 《中国文化》本"农民一样"作"贫农样"。

③ 《中国文化》本无"的"。

④ 《中国文化》本"农民"作"农民们"。

⑤ 人文本"："作"。"。

⑥ 人文本","作"；"。

⑦ 《中国文化》本"！"作"。"。

于是从附近的细腰涧，于家庄，① 歇马岩，

搬来了大堆的干草，大堆的木柴。

于是夜半的时候把它们堆在② 碉堡的四面。

于是放起火来。这是夏天。

火很快地就烧红了一半边天③。

火在跳跃，火在叫喊，火在呻吟，

火在说着人的仇恨。

战士们沉默地站着，想起了④

他们的父母被杀死，妻子被强奸，

想起了他们失掉了的热的炕，

安静的日子，黄金一样的丰年……⑤

当早晨的太阳上升，

碉堡外只剩下一些灰烬，一些烟，

乡村是如此和平，⑥ 再也听不见枪声。

"农民们从山里面回来，

重新安排他们破碎的生活，

打开锁着的门，烧起冷了的锅。

---

① 《中国文化》本、人文本此处两 "，" 均作 "、"。

② 《中国文化》本 "夜半的时候把它们堆在" 作 "夜半把它们砌在"。

③ 《中国文化》本此行作 "火很快的就燃红了半边天"。

④ 《中国文化》本此处有 "。"。

⑤ 文化生活本 "……" 作 "…"。

⑥ 《中国文化》本 "，" 作 "："。

人是可怜的，只要他能够从灾祸里 ①

逃了出来，他就能够把它 ② 忘记 ③。

而且 ④ 农民不愿脱离土地，

只要战争在较远的地方进行，

他 ⑤ 就会利用这一点缝隙来安身。

那 ⑥ 也好。这可以让他们喘一口气。

这可以让我们的王补贵

到旁的 ⑦ 村子去卖他的手艺。

"但灾祸还在旁边等着，

像残忍的猫无声地伺候着老鼠；

灾祸还在结队巡行，

像荒年里的野兽。

七天以后。一个惨白的黎明。

当全村的居民被枪声惊醒，

街上已充满了 ⑧ 疯狂的敌人。

---

① 人文本此行作"虽说他们从灾祸里"。

② 《中国文化》本"它"作"他"。

③ 人文本"他就能够把它忘记"作"不会把它忘记"。

④ 人文本"而且"作"但"。

⑤ 《中国文化》本、人文本"他"均作"他们"。

⑥ 《中国文化》本、人文本"那"均作"这"。

⑦ 《中国文化》本"旁的"作"别的"。

⑧ 《中国文化》本"了"作"着"。

他们挨家挨户地① 搜捕着壮丁②；

老人和小孩在刺刀下死去，

成了他们③ 渴血的欲望的点心。

他们把俘获的妇女关在一个庙内。

他们押送壮丁们到一个悬岩④ 的边上，

用一排机枪构成交叉的火网，

围着他们成一个半圆形。

机枪开始哀鸣。这些年青⑤ 的善良的农民⑥

有的倒下，有的在地上乱滚，

有的带着伤跳下岩⑦ 去。

一⑧ 直到活生生的人都变成了⑨ 尸体

枪声才停止，⑩ 敌人才又回到村里

进行⑪ 他们的恐怖的余兴：

就在那座古庙的殿堂上

轮奸了那些无力自卫的妇女。

最后他们走了，他们这些醉于血，

---

① 《中国文化》本无"地"。
② 《中国文化》本"壮丁"作"妇女壮丁"。
③ 《中国文化》本"他们"作"满足他们"。
④ 人文本"悬岩"作"悬崖"。
⑤ 人文本"年青"作"年轻"。
⑥ 《中国文化》本"农民"作"农人"。
⑦ 人文本"岩"作"崖"。
⑧ 《中国文化》本无"一"。
⑨ 《中国文化》本无"了"。
⑩ 《中国文化》本"，"作"。"。
⑪ 《中国文化》本"进行"作"去进行"。

醉于疯狂，醉于凶残的可怕的醉汉，①

剩下黄昏来抚慰这一群弱者的受难。

她们在哭泣。她们仿佛在互相责备：

'我们怎样活下去？我们还有什么脸？'

'我们去跳井！'一个老太太突然这样喊。

由于一种朴素的美德②，朴素的骄傲，

她们知道在这人间

有些东西更贵重于生命。

她们慢慢地走出庙门，

低垂着头，像一群虔诚的进香人，

去履行她们自己的可悲的决定……③

"第二天，王补贵从旁的村子④赶回来，

和许多人一起料理这巨大的⑤丧礼。

他发现他三岁的孩子死在门口；

在炕上⑥蹲着他的忠实的狗。

他们帮助他把死者埋葬。

他们劝他搬家到旁的地方。

---

① 《中国文化》本"，"作"。"。

② 《中国文化》本"美德"作"品德"。

③ 文化生活本"……"作"…"。

④ 《中国文化》本"旁的村子"作"二十里外"。

⑤ 人文本"这巨大的"作"他妻子的"。

⑥ 《中国文化》本此处有"，"。

他倔强地沉默着，不回答，也不落泪，

他在对自己说，①'你只有去参加游击队！'"②

"谢谢你给我讲了一个动人的故事。③

这些日子来我很容易感动，

有时为别人，有时也为自己。

昨夜我④做了一个很不快活的梦：

我梦见我过完⑤了一个长长的冬天，

像从传说里的长长的睡眠⑥

醒了转来，整个世界都有些改变；

我记起了我所爱的那个女孩子；

我想去找她；我不知道她的住址；

我突然记起了她已爱上了旁的男子……⑦

这样的梦我大同小异地做了⑧五六次，

虽说在白天，我是一个积极⑨分子，

而且从工作，从人，我能都⑩得到快乐，

---

① 《中国文化》本"，"作"："。

② 人文本此处有"……"。

③ 《中国文化》本"。"作"！"。

④ 《中国文化》本无"我"。

⑤ 《中国文化》本无"完"。

⑥ 《中国文化》本此处有"，"。

⑦ 文化生活本"……"作"…"。

⑧ 《中国文化》本"大同小异地做了"作"大同小异的做过"。

⑨ 《中国文化》本"积极"作"积极的"。

⑩ 《中国文化》本"能都"作"都能"。

不像在梦里那样阴郁，那样软弱。

这使我很不喜欢我自己。同志，你说，

对于这些梦我应不应该负责？

为什么爱情竟如此坚强，

似乎非我的意志所能战胜？"①

"我的故事还没有完。

我还要②说这个泥水匠在半年后

就成了×路军③里的通信班长。

"我还要说在④今年春天，

当敌人又一次开始了'扫荡'，

当他独自通过了敌人活动的区域，

完成了一个紧急的联络任务，

他碰着一队敌人，在他的归途上。

他扔出了⑤手榴弹。他鞭着马。⑥

他受了伤。马受了伤。他跌下。

敌人很高兴地把他带回广灵城，⑦

---

① 人文本删除此节十八行。

②《中国文化》本无"要"。

③《中国文化》本、文化生活本、人文本"×路军"均作"八路军"。

④《中国文化》本无"在"。

⑤ 文化生活本、人文本"扔出了"均作"扔完了"。

⑥《中国文化》本此句两处"。"均作","。

⑦《中国文化》本以上八行为一节。

由于他穿着一身干净的棉军服，

挂着一个皮的图囊，

把他当作一位高级官长。①

他们先劝他投降，用大量的金钱，

用伪军里面的重要的位置。

他只②笑了一笑，不理。

他们又用酷刑来逼迫③他，

鞭打，喝煤油，吞盐巴，

而且用十颗针穿进他的手指。

他咬紧牙齿，不动摇，也不呻吟。

他们只有把他交给伪县长去审问④。

"在堂上，对众多的中国人。⑤

答复着伪县长的问询，⑥

'你为什么要和皇军作对？'

他却像一个雄辩家那样谈论

（虽说他两眼落眶，脸白得像一张纸），⑦

---

① 《中国文化》本无"。"；此句下另有一句"（他们从来没有捉住过八路军的官长）"。

② 《中国文化》本无"只"。

③ 《中国文化》本"逼迫"作"折磨"。

④ 《中国文化》本无"去审问"，此句下另有"去给抗日的支那人做一个榜样"一句，且与下面诗句连成一节。

⑤ 《中国文化》本"。"作"，"。

⑥ 人文本以上两行改作"在堂上，伪县长向他讯问，"。

⑦ 《中国文化》本"，"作"："。

从火烧碉堡的故事

说到他的老婆，① 儿子的惨死，②

而且 ③ 最后特别大声地说 ④，

‘我现在更明白了一个正确的道理：

我们要齐心打日本鬼子

不是 ⑤ 为了报仇，

而是 ⑥ 为了我们自己和子孙们的自由！ ⑦’

羞愧的翻译官只对日本顾问 ⑧

转述了前一半。他狞笑了，他下命令：

‘枪毙他还太轻，只有用火刑！’

于是他派一排日本兵押送着犯人

到城外的墓地 ⑨ 里，

在一棵柏树上用铁链把他紧绑。

于是倒一半箱煤油在他的衣服上，头发上，⑩

堆一些干草，⑪ 木柴在他的身旁。

于是放起火来。红色的火焰上升；

---

①《中国文化》本无"，"；人文本"，"作"、"。

② 文化生活本、人文本"，"均作"。"。

③ 人文本删除"而且"。

④《中国文化》本、文化生活本、人文本"说"均作"讲"。

⑤ 人文本"不是"作"不只是"。

⑥ 人文本"而是"作"而且是"。

⑦《中国文化》本"！"作"……"。

⑧《中国文化》本此处有"，"。

⑨《中国文化》本"墓地"作"一块墓地"。

⑩《中国文化》本无"头发上，"。

⑪ 人文本"，"作"、"。

在火的吼叫里这个新的殉道者，

新的圣徒，没有发出一声哀号；①

被逼来参加这个丧礼的汉奸

和徒手的保安队都用手掩住了脸，

只听见树枝炸裂的声音②……

"就在这天半夜，当暗淡的广灵城

坠入了睡眠里的死亡一样的寂静③，

五十个保安队聚集在一块儿，

从城墙上用绳子吊下城外，

一起来投奔我们×路军④。"

一九三九年十一月二十日⑤

---

① 《中国文化》本"；"作"，"。

② 《中国文化》本"声音"作"响声"。

③ 《中国文化》本"寂静"作"沉静"。

④ 《中国文化》本、文化生活本、人文本"×路军"均作"八路军"。

⑤ 文化生活本、人文本均署为"一九三九年十一月二十日，延安"。

夜歌（一）①

1②

你呵③，你又从梦中醒来，

又将睁着眼睛到天亮，

又将想起你过去的日子，

滴几点眼泪到枕头上。④

轻微地⑤哭泣一会儿

也没有什么，也并不是⑥罪过，

因为眼泪也⑦有着许多种类：

有时为了快乐，

有时为了悲伤，⑧

---

① 此诗与《夜歌（二）》《夜歌（三）》总题为《夜歌》载于《大公报》（香港）1940年7月13日，第八版《文艺》第880期；又以《工作者的夜歌》为题刊载于《新学生》（台北）1946年创刊号，第28页。人文本删除此诗。此处录自诗文学社本，以《大公报》（香港）本《新学生》（台北）本、文化生活本汇校。

② 《新学生》（台北）本"1"作"（一）"。

③ 《新学生》（台北）本"你呵"作"你们"，疑为印刷审误。

④ 《新学生》（台北）本此行作"流几点泪在枕上。"。

⑤ 《新学生》（台北）本"地"作"唑"。

⑥ 《大公报》（香港）本"并不是"作"并不"。

⑦ 《新学生》（台北）本删除"也"。

⑧ 《大公报》（香港）本、《新学生》（台北）本以上两行均合为一行；《新学生》（台北）本"悲伤"作"悲哀"。

有时为^①了温柔的感觉，

有时为了崇高的思想，

有时在不会唱歌的人

就像歌声从他的胸膛飞出，

带走了小小的忧郁，小小的感伤。^②

2^③

但你这个年青的孩子，

你说你在人间的宠爱中长大，

你又^④有什么说不出理由的理由

有时也不能好好地睡？

你说你是一团火，

那你就快活地燃烧吧。

你说知道自己聪明便多痛苦，

知道自己美丽便多悲哀，^⑤

不，聪明的人不应该停止在痛苦里，^⑥

---

①《新学生》（台北）本无"时为"。
②《新学生》（台北）本以上两行为：
就像歌声从他的胸膛飞出带走了小小，
的忧郁，小小的感伤。
③《新学生》（台北）本"2"作"（二）"。
④《新学生》（台北）本删除"又"。
⑤《大公报》（香港）本"，"作"。"。
⑥《新学生》（台北）本"，"作"。"。

美丽的人不应该只想到自己美丽。

3^①

我们不应该再感到寂寞。^②

从寒冷的地方到热带^③

都有着和^④ 我们同样的园丁^⑤

在改造人类的花园：^⑥

我们要改变自然的季节，

要使一切生物^⑦ 都更美丽，

要使地上的泥土

也放出温暖，^⑧ 放出香气。

你呵，你刚走到我们的^⑨ 队伍里来的伙伴，

不要说你活着是为了担负不幸。^⑩

我们活着是为了使人类

---

① 《新学生》（台北）本 "3" 作 "（三）"。

② 《新学生》（台北）本 "。" 作 "，"。

③ 《新学生》（台北）本此处有 "，"。

④ 《大公报》（香港）本无 "和"。

⑤ 《新学生》（台北）本此处有 "，"。

⑥ 《新学生》（台北）本 "："作 "，"。

⑦ 文化生活本 "生物" 作 "生活"。

⑧ 《新学生》（台北）本删除 "，"。

⑨ 《新学生》（台北）本删除 "的"。

⑩ 《新学生》（台北）本 "。" 作 "，"。

和我们自己都得到幸福。①
假若人间还没有它，
让我们自己来制造。

4②

不要说你相信人类有着美好的将来③，
但你自己是一个例外。
当大家都笑着的时候，④
难道你不感到同样的愉快？
当下一代的男女孩子们，⑤
在阳光下游戏，⑥
在好的季节里恋爱，
难道你会忌妒？
不，在明天我们有我们的幸福，
在今天我们有我们⑦的任务。

---

① 《新学生》（台北）本以上两行作：
我们活着是为了，
使人类和我们自己都得到幸福，
《大公报》（香港）本以上两行作：
不，我们活着是为了
使人类和我们自己都得到幸福。
② 《新学生》（台北）本"4"作"（四）"。
③ 《大公报》（香港）本"将来"作"未来"。
④ 《新学生》（台北）本"，"作"。"。
⑤ 《大公报》（香港）本、文化生本均无"，"。
⑥ 《新学生》（台北）本"，"作"。"。
⑦ 《大公报》（香港）本、《新学生》（台北）本"我们"均作"光荣"。

5①

那么② 你就再睡去吧。③
夜晚的寂静和漫长④
不是为了让我们思想⑤
而是为了让我们休息，
让⑥ 我们有足够的欢喜和精力
去⑦ 迎接一个新的早晨⑧
而且在工作的困难中⑨
也⑩ 带着歌唱的心境和祝福。
那么⑪ 你就再睡去吧！⑫
你就轻轻地⑬ 合上你的眼皮。

一九四〇年三月十一日⑭

---

① 《新学生》（台北）本"5"作"（五）"。
② 《大公报》（香港）本"那么"作"那末"。
③ 《新学生》（台北）本"。"作"，"。
④ 《新学生》（台北）本此处有"，"。
⑤ 《新学生》（台北）本此处有"，"。
⑥ 《新学生》（台北）本"让"作"为了使"。
⑦ 文化生活本"去"作"来"。
⑧ 《大公报》（香港）本、《新学生》（台北）本均有"，"。
⑨ 《新学生》（台北）本此处有"，"。
⑩ 《新学生》（台北）本"也"作"你"。
⑪ 《大公报》（香港）本、《新学生》（台北）本"那么"作"那末"。
⑫ 《大公报》（香港）本、《新学生》（台北）本、文化生活本"！"均作"，"。
⑬ 《新学生》（台北）本"轻轻地"作"再一饱"。
⑭ 《大公报》（香港）本此处署为"三月十一日，一九四〇"；《新学生》（台北）本删除此处日期。

夜歌（二）①

我的身体睡着，我的心却醒着。

《雅歌》②

而且我的脑子是一个开着的窗子，

而且我的思想；③我的众多的云，

向我纷乱地飘来，

而且五月，

白天有太好太好的阳光，

晚上有太好太好的月亮，

而且④我不能像莫泊桑小说里的，⑤

---

① 此诗与《夜歌（一）》《夜歌（三）》总题为《夜歌》载于《大公报》（香港）1940年7月13日，第八版《文艺》第880期。人文本此诗题目为《夜歌（一）》。此处录自诗文学社本，以《大公报》（香港）本、文化生活本、人文本进行汇校。

② 《大公报》（香港）本"雅歌"作"歌中之歌"；人文本"《雅歌》"作"——《雅歌》"。

③ 《大公报》（香港）本、文化生活本、人文本"；"均作"，"。

④ 人文本删除"而且"。

⑤ 《大公报》（香港）本、人文本均无"，"。

一位神父，①

因为失眠而绞手指：

"主呵②，你创造黑夜是为了睡眠，

为什么又创造这月光③，这群星，

这漂浮在唇边的酒一样的空气？"

我不能从床上起来，走进树林里，

说每棵树有一个美丽的灵魂，

而且和他们一起哭泣。

而且我不能像你呵，雪莱！

我不能说我是 Arielx④，一个会飞的小精灵

飞在原野上，飞在山谷里，

我不能一样⑤坐在海边叹息：

"Alas! I have nor hope, nor health...

Nor fame, nor power, nor Love, nor leisure..."⑥

我不能像你一样单纯地歌唱爱情：

---

①《大公报》（香港）本此行作"一位严厉得可笑的神父，"。

②人文本"主呵"作"神呵"。

③文化生活本、人文本"月光"均作"月亮"。

④《大公报》（香港）本、文化生活本"Arielx"均作"Ariel"；人文本"Arielx"作"爱俪儿"。按此英文单词的正确拼写是"Ariel"，指中世纪炼金术中的空气精灵。

⑤《大公报》（香港）本"一样"作"像你一样"。

⑥人文本此两行译为中文：

呵，我没有希望，没有健康……

没有名誉，没有权力，没有爱情，没有闲暇……

"I arise from dreams of thee..." ①

你仿佛 ② 一天什么也不做，

只是躺在夏夜的草地上，

睡了一个热带的睡眠。

"但是，何其芳同志，你说你不喜欢自然，

为什么在你的书里面

你把自然写得那样美丽？"

是的，我要谈论自然。

我总是把自然当作一个背景，一个装饰，

如同我有时在原野上散步，

有时插一朵花在我的扣子的小孔里，

因为比较自然，

我更爱人类。

我们已经丧失了十九世纪的单纯。

我们是现代人。③

而且我要谈论战争。

人类的内战正在可怕地进行 ④。

---

① 人文本此句英文翻译为中文"我从梦着你的梦中醒来。"。

②《大公报》（香港）本"你仿佛"作"仿佛你"。

③《大公报》（香港）本、人文本以上两行为一节。

④ 人文本此行作"大规模的战争正在进行"。

在法兰西的边境，

两百万军队正在互相撞击，互相吞噬。①

坦克车的出游三千辆一次。

国际联盟像倒闭了②的百货店，

正③在收拾文件，遣散人员，

每个人④发一点遣散费。

而且你赶快滚进去吧，义大利⑤！⑥

你们都赶快滚进去，滚进去！

谁也拉不住你们的，

谁也拉不住你们这些火车头，

疯狂地开驶到你们的末日去！

多少活生生的人，

多少有着优秀的头脑的人，

---

① 《大公报》（香港）本此行原作两行：
两百万军队像两个巨浪
正在互相推挤，互相撞击，互相吞噬。
② 《大公报》（香港）本"倒闭了"作"一个倒闭了"。
③ 《大公报》（香港）本无"正"。
④ 文化生活本、人文本"每个人"均作"每一个人"。
⑤ 文化生活本、人文本"义大利"均作"意大利"。
⑥ 《大公报》（香港）本此行下另有三行，此四行作：
而且你赶快滚进去吧，义大利，
而且还有你呵，美利坚，
你在拼命用军备装你的大肚子，
你每年要制造五万架飞机。

多少善良的单纯的人，

多少可以为这个世界和它的未来 ① 工作的人，

被迫去作你们的殉葬的物品！

而且我呵，我多么愿意去拥抱他们！

然而我并不哭泣。

我知道他们将要觉醒，

将要把一种性质的战争 ② 变为另一种性质的战争。 ③

而且从死亡里，

将要长出一个新的欧罗巴，新的世界！

而且我要谈论列宁。

而且我看见他了， ④

我看见他在抚摩着小孩子们的头顶：

"他们的生活将要好起来吧， ⑤

不像我们 ⑥ 生活一样充满着残酷吧。"

我看见他坐在清晨的窗子前：

"我在给一个在乡下 ⑦ 工作的同志写信。

---

① 文化生活本"未来"作"未来的"。

② 文化生活本、人文本"一种性质的战争"均作"帝国主义的战争"。

③《大公报》(香港)本以上两行原作三行：

我知道他们将要觉醒，将要站起来，

把帝国主义的战争转变为革命的战争，

④《大公报》(香港)本"，"作"。"。

⑤《大公报》(香港)本"，"作"。"。

⑥《大公报》(香港)本"我们"作"我们的"。

⑦《大公报》(香港)本"乡下"作"乡间"。

他感到寂寞。他疲倦了。我不能不安慰他。
因为心境并不是小事情呀。"
而且我仿佛收到了他写的那封信。①

而且我仿佛听见了
他在一个会议上发出的宏大的声音：
"我们必须梦想！"

是呵，我是如此喜欢做着一点一滴的工作，
而又如此喜欢梦想，

我是如此快活地爱好我自己，
而又如此痛苦地想突破我自己，
提高我自己！

五月二十三日 ②

---

① 《大公报》（香港）本此行自成一节。
② 人文本署为"一九四〇年五月二十三日"。

夜歌（三）①

我的兄弟，你为什么哭泣？
你说你哭泣着为什么生活如此不美丽？

你说你看见了
当月亮滑进了乌云里，
当夜风使一丛多刺的蔷薇颤栗，
一对分别不久的爱人
在他们第一次接吻的地方相见，
代替了盟誓和谈说梦想和沉醉，
互相拷问着，供认着彼此的不忠实？

你说你看见了
在一个农村的家庭里，
在蜘蛛网和麻油灯之间，②
在婚宴后，

---

① 此诗与《夜歌（一）》《夜歌（二）》总题为《夜歌》载于《大公报》（香港）1940 年 7 月 13 日，第八版《文艺》第 880 期。人文本此诗题目为《夜歌（二）》。此处录自诗文学社本，以《大公报》（香港）本、文化生活本、人文本进行汇校。
② 《大公报》（香港）本此行作"在蜘蛛网和麻油灯和牛的气息之间，"。

因为一点点不如意①，

丈夫开始吼骂着，打着他的新妇？

你说你看见了

一个寄养在亲戚家的

五岁的孤儿②

在阳光照着的道路上

跑着，跑着，又突然停止，

突然嘴唇颤抖起来，

流出了眼泪？

是的，生活是并不美丽，并不美丽。

你说你又要提起那个小故事了，③

你已经说过了好几次了，④

一个燕子为了每夜从神像上，⑤

窃取一些宝石去送给贫穷的人们，

很多很多⑥贫穷的人们，

---

① 《大公报》（香港）本"不如意"作"不满意"。

② 人文本此处有"，"。

③ 《大公报》（香港）本"，"作"——"；人文本删除以下三节二十四行。

④ 《大公报》（香港）本"，"作"——"。

⑤ 《大公报》（香港）本此行作"一个小燕子为着每夜从神像身上"。

⑥ 《大公报》（香港）本"很多很多"作"太多太多的"。

一直到冬天来了还不飞回南方，

一直到自己冻死？ ①

你说为什么我们不能 ② 生活在童话里？

为什么只有在书本上才容易找到

像真珠一样射着温柔的光辉的故事？

你说你又要提起你过去的思想了， ③

那的确是太陈旧的思想了， ④

你感到我们人

还不如植物，动物生活得快活而且合理，

草木是那样和谐地过活着它们的一生，

或长或短的一生，

而且传延着种族，

繁荣着 ⑤ 大地，

而野兽，

就是在最饥饿的时候吧，

也不扑杀着，撕裂着，吞食着它的同类，

更不会在互相残杀的前一秒钟

---

① 《大公报》（香港）本"？"作"。"。

② 《大公报》（香港）本"不能"作"不能够"。

③ 《大公报》（香港）本","作"——"。

④ 《大公报》（香港）本","作"——"。

⑤ 《大公报》（香港）本"繁荣着"作"而且繁荣着"。

还装着笑脸，

说着悦耳的话句。①

你说你知道

你看见的还太少，还② 太细小，

还有着更多的不美丽，更大的不美丽？ ③

是的，还有着更多的不美丽，更大的不美丽！ ④

正因为如此，我们才走到了革命的队伍里。⑤

你说，⑥

你也说到革命了，⑦

你说你知道革命不是用肥皂洗得香喷喷的

而且戴着白手套的手干的事，

我们的手带着泥土

而且筋肉突起，⑧

而且甚至于不怕⑨ 沾染上污秽，

---

① 《大公报》（香港）本此行作"说着悦耳的外交家的话句。"；文化生活本"。"作"？"。

② 《大公报》（香港）本无"还"。

③ 《大公报》（香港）本"？"作"——"。

④ 《大公报》（香港）本"！"作"。"；人文本"！"作"，"。

⑤ 《大公报》（香港）本以上两行自成一节。

⑥ 《大公报》（香港）本"，"作"——"。

⑦ 《大公报》（香港）本"，"作"——"。

⑧ 《大公报》（香港）本无"，"。

⑨ 《大公报》（香港）本"怕"作"畏惧"。

然而你有着① 一颗幼小者的心，
那样容易颤悸？ ②

你说你知道你应该想着另外的故事，③
比如取火者的故事，④
那个神的反抗者被铁链锁在荒山顶上，
每天被猛鸷啄食⑤ 他的肝叶，
被啄食了而又重新生长起来的肝叶。⑥
而且人类的历史上不只是有一个取火者，
而且现代的取火者不复是孤独的，
有着无数的伙伴，
也就有着无数的故事？ ⑦

你说你也看见了——⑧
通过了黑暗的光明，
通过了痛苦的快乐，
通过了死亡的新生，
通过了丑恶的美丽。

---

① 《大公报》（香港）本"你有着"作"你说你有着"。
② 《大公报》（香港）本"？"作"。"。
③ 《大公报》（香港）本"，"作"——"。
④ 《大公报》（香港）本"，"作"——"。
⑤ 《大公报》（香港）本"啄食"作"啄食着"。
⑥ 《大公报》（香港）本"。"作"——"；文化生活本、人文本"。"均作"，"。
⑦ 《大公报》（香港）本此行作"因此也就有着无数的故事。"。
⑧ 《大公报》（香港）本、文化生活本、人文本均无"——"。

而且它们并不怎样辽远，

并不是一些影子，

因为你不但看见了，

而且还从它们呼吸，

如同从天空，

从旷野，

从清晨的空气？ ①

那么 ② 你还要说什么呢，我的兄弟？

那么 ③ 你还要哭什么呢，你这个傻孩子？

你说你哭泣着你自己的软弱，自己的愚昧？

用手指擦干你的眼泪，

让我们来谈着 ④ 光明的故事，

快乐的故事！ ⑤

六月十一日 ⑥

---

① 《大公报》（香港）本以上三行原为一行"如同从天空，从旷野，从清晨的空气。"。
② 《大公报》（香港）本"那么"作"那末"。
③ 《大公报》（香港）本"那么"作"那末"。
④ 《大公报》（香港）本"谈着"作"谈说着"；人文本"谈着"作"谈说"。
⑤ 《大公报》（香港）本此行作"快乐的故事，勇敢的故事！"。
⑥ 《大公报》（香港）本署为"六月十二日"。

夜歌（四）①

我要起来，到小孩子中间去。

我要去和他们生活在一起。

我要教他们认认字，

给他们讲一些简单的然而动人的故事。

我要告诉他们清洁的重要，

时常替他们洗干净他们的手指。

我要和他们在一起游戏。

"藏好啦没有？"

"藏好啦！"

由于我的大声的回答，

他们很容易在门背后或者帐子里，②

找到了我，

而且因为我是蹲着的，

他们很容易一边笑着，

一边用他们的手膀围上我的颈子。

---

① 人文本中本诗题目为《夜歌（三）》。此处录自诗文学社本，以文化生活本、人文本进行汇校。
② 文化生活本、人文本删除"，"。

我要和他们谈着这，谈着那。

让他们对于任何一种事物

挖根问到底。

我要尽我所知道的告诉他们。

假若我不能回答，

我要诚实地说，"我也不知道。"

我要做到不对他们生气。①

当他们太顽皮，

当他们做出了小小的坏行为，

欺负了身体弱的同伴，

或者弄死了一只雀子，

我要温和地，耐烦地对他们讲道理。

我要起来，到工人们中间去。

我要去和他们生活在一起。

我要他们对我讲一些他们的②生活里的故事。③

假若他是一个童工，

他会告诉我他很小就进了工厂，

---

① 人文本删除以下一节六行。

② 人文本"的"作"过去的"。

③ 文化生活本、人文本以上三行自成一小节。

因为一天工作的时间太长久，

他时常在机器旁边打瞌睡。

他看见过一个比他更小的孩子，①

在打瞌睡的时候被机器上的皮带卷了去。

而②那疯狂地旋转着的机器

很快地吃了他，

连骨头都嚼得粉碎。

假若她是一个女工，

她会告诉我她第一天进工厂去

就站得腿酸，腰痛，脚底发烧，

只有到厕所去偷偷休息一会儿。

而在那窗子很小，充满着臭气的小屋子里

已经坐着，睡着许多和她同样的女工，

而且有的说，"还是快些回去吧，

等一下工头要来查啦！"

她会告诉我

一个怀孕的女工

有一晚突然停止了工作，

坐在地板上哭了起来。

---

① 人文本删除"，"。
② 人文本删除"而"。

她们请假送她回去。

在半路上她走不动了，她睡下去。

黑夜静悄悄地。只有蛙叫。

她坐了起来。孩子生下来了。

旁的工人更会告诉我一些另外①的故事。

我要说："同志们，我没有参加过什么斗争，

我很惭愧。"

我要起来，一个人到河边去。

我要去坐在石头上，

听水鸟叫得那样快活，

想一会儿我自己。

我已经是一个成人。

我有着许多责任。

但我却又像一个十九岁的少年

那样需要着温情。

我给与得并不多。

我得到的更少。②

---

① 人文本"另外"作"斗争"。
② 人文本删除此节两行。

我知道我这样说，

这样计较 ①

是可羞的，

但我终于对自己说了出来

也好。②

我要起来，

但我什么地方也不去。③

我要起来，点起我的灯，

坐在我的桌子前，

看同志们的卷子，

回同志们的信，

读书，④

或者计划明天的工作，

总之

做我应该做的事。⑤

六月二十日

---

① 人文本删除此行。
② 人文本以上两行改作一行"但我还不能把这种想法完全抛弃。"。
③ 文化生活本、人文本以上两行为一节。
④ 人文本以上三行改作一行"赶着做我今天未做完的工作。"。
⑤ 人文本以上两行合为一行"总之做我应该做的事。"。

我们的历史在奔跑着 ①

1②

我亲爱的姊妹，

年青 ③ 的姊妹，

我们的历史在奔跑着，

你看它跑得多快！

你们在学习着科学的理论 ④，

你们在学习着革命的历史 ⑤，

你们都快要是干部了。⑥

而你们又多么像 群小女孩子！

你说你们晚上临睡前

大家轮流着讲故事，

---

① 此诗刊载于《大公报》（香港）1940 年 11 月 23 日，第八版《文艺》第 974 期。此处录自诗文学社本，以《大公报》（香港）本、文化生活本、人文本进行汇校。

②《大公报》（香港）本、人文本"1"均作"一"。

③ 人文本"年青"作"年轻"。

④《大公报》（香港）本、文化生活本、人文本"科学的理论"均作"马克思列宁主义"。

⑤《大公报》（香港）本、文化生活本、人文本"革命的历史"均作"联共党史"。

⑥ 文化生活本、人文本"。"均作"，"。

一直讲到了那些顶古老，^① 顶古老的。

你要我也讲一个。

好，我也讲一个顶古老，顶古老的故事，

我的姑母的故事。

我的姑母是一个 Ophilia②。

我的姑母是一个疯子。③

Ophilia④，那个爱着 Hamlet⑤ 的疯子 ⑥，

攀着河边的白杨树，

攀着那叶子在水面上反光的白杨树，

一下子就掉进了水里。

我的姑母坐在我 ⑦ 那古老的家宅的后门口，

唱着那种疯子的歌，

只有她自己才知道它的意义的歌，

而且把腰门摇得吱呀地响。

后门里面是我们吃饭的屋子。

---

① 人文本删除"，"。
② 人文本"Ophilia"作"阿菲丽亚"。
③《大公报》(香港)本以上两行为一节。
④ 人文本"Ophilia"作"阿菲丽亚"。
⑤ 人文本"Hamlet"作"哈孟雷特"。
⑥《大公报》(香港)本"疯子"作"疯女子"。
⑦《大公报》(香港)本"我"作"我们"。

墙壁上总是爬着许多蚊子。

我那时总是喜欢用我的小手掌

去打死它们。

外面①是竹林，阴沟，水井。

葡萄树上结着很小很小的葡萄。

青梅树上结着很酸很酸的梅子。

我的姑母原来②是一个沉默的安静的人，

有着那种沉默的安静的微笑③，

如那些④心地善良的人所常有的。

我的祖父把她嫁给

一个县城里的商人的儿子，

因为他家里有上万的财产，

有好几家铺子。⑤

她的丈夫到我们乡下来的时候，⑥

穿着发亮的丝织品的衣服，

抽着香烟，

而且哼着那种县城里的下流的调子。

①《大公报》（香港）本"外面"作"外边"。

②《大公报》（香港）本无"原来"。

③《大公报》（香港）本"微笑"作"笑"。

④《大公报》（香港）本"那些"作"那种"。

⑤人文本以上七行为一节。

⑥《大公报》（香港）本"，"作"。"。

他和他的 ① 一切

和我们那古老的家宅是很不调和的。②

她嫁过去后不久就疯了，

而且被绑着手

装在轿子里

送回到我们家里。

我不知道那是怎样开始的，

只是从母亲们 ③ 的谈话

知道她的婆婆是一个后母。

而我就有了一个疯子姑母。

她的病好了，

又被送回到她的丈夫的家里。

我到县城里去看见她的时候，

她又是一个沉默的安静的人，

又有着那种沉默的安静的微笑。④

---

① 《大公报》（香港）本"他的"作"他所有的"。

② 《大公报》（香港）本以上六行为一节。

③ 人文本"母亲们"作"大人们"。

④ 《大公报》（香港）本此行原作两行：

又有着那种沉默的安静的笑，

然而也是凄惨的笑。

她好几年不生儿女。
她的丈夫就① 又娶了一个妓女。

最后她很年青② 地死去了，
由于一种奇怪的病。
我的母亲们③ 谈说着她的病的④ 时候，
说那是一种可怕的疮，
使全身溃烂的疮，
不可医治的疮，
说不出它的名字，
而且悲伤地，无可奈何地叹着气。

一直到我生活在都市里，
阅读着图书馆的各种书籍，
我才在美国 Dr. Robinson 的⑤
《性的知识》上
给我的纯洁的姑母的
不洁的病
找到了一个名字。

---

① 《大公报》（香港）本"就"作"便"；文化生活本删除"就"。
② 人文本"年青"作"年轻"。
③ 人文本删除"们"。
④ 《大公报》（香港）本无"的"。
⑤ 人文本"美国 Dr. Robinson 的"作"外国医师著的"。

2①

我亲爱的姊妹，

年青②的姊妹，

我们的历史在奔跑着，

你看它跑得多快！

但是③我也许给你讲了一个不愉快的故事。

我能够想像未来的男和女的生活

都快乐而且合理，

但是我有时又想起了过去，

想起了过去的人，

如同我们有时想伸出手

去摩抚④那些不幸的小孩子的头顶。

我的姐姐有一个女朋友。

她的父亲在清朝是一个小京官，

在民国是一个顽固派。

---

① 《大公报》（香港）本、人文本"2"均作"二"。

② 人文本"年青"作"年轻"。

③ 人文本此处删除"但是"。

④ 《大公报》（香港）本、文化生活本、人文本"摩抚"均作"抚摩"。

一直到她岁数很大，

一直到她的父亲回到家乡，

把她交给幼时许配的人家，

她才有机会在北平上学校。①

我的姐姐说她是很聪明的，

说她每次从电影院出来，

从刚看过一次的有声电影②

就学会了一只③新的歌子。

她很快地就熟悉了新的事物，

会给自己做一些时髦的衣服。

她很快地被同学介绍给一个男子认识，

很快地从她的未婚夫的家里逃出，

和那男子一起到日本去度蜜月。

很快地我的姐姐收到她从海外寄来的信，

她带着旧式女孩子的口气

写了一句很古老的话，

"一失足成千古恨"，

用它来总括她婚后的① 生活和幸福。

很快地她回到② 北平来生孩子，

而她的丈夫就抛弃了她。

一个人总是有自尊心的。

于是她独自抚养着她的婴孩，

在会馆里过着很穷苦，很穷苦的日子，

北平是一个衰落的都市③。

大街上总是照着淡淡的寒冷的阳光④

大车的轮子后面总是跟着一片尘土。

就是那有⑤ 铁轨的电车也走得很慢，很慢，

仿佛它总是很疲倦，随时都想停住。

那会馆更充满了衰落的空气。

它是从前的一位⑥ 四川的爵爷

捐修来给那些上京投考的士子们住的。

现在住着⑦ 穷苦的学生，

---

① 《大公报》（香港）本"婚后的"作"的婚后"。
② 《大公报》（香港）本"回到"作"独自回到"。
③ 《大公报》（香港）本"都市"作"城市"。
④ 《大公报》（香港）本"阳光"作"太阳光"。
⑤ 《大公报》（香港）本"有"作"有着"。
⑥ 《大公报》（香港）本"一位"作"一个"。
⑦ 《大公报》（香港）本"现在住着"作"而现在就住着"。

没有职业的家庭。

院子里的槐树上吊着青色的槐蚕。

窗子的冷布上爬着灰色的壁虎。

她写了很多的信给她的父亲，①

但收不到一封回信，

因为他总是不拆开看就烧了它们。

他②把打算给她的遗产捐给了庙里，

而且后来自己成了一个瞎子。③

后来她又和一个小职员结了婚，

又生下了一个孩子。

后来那个男子又抛弃了她，

而我们就再也没有她的消息。

3④

我亲爱的姊妹，

---

① 《大公报》（香港）本此行前原有一行"她就在那里面过着很穷苦，很穷苦的日子。"

② 《大公报》（香港）本"他"作"而且他"。

③ 《大公报》（香港）本此行作"而且他后来成了瞎子。"

④ 《大公报》（香港）本、人文本"3"均作"三"。

年青^① 的姊妹，

我们的历史在奔跑着，

你看它跑得多快！^②

但是你看我自己快要流出了眼泪。

我自己也不知道

我是在欢喜着历史给我们带走了那过去，^③

那沉重的不愉快的过去，

还是在悲伤着在它的行程中

有着那样多的无名的悲剧。

但是现在该轮到我来听

你们讲你们自己的故事了，

你们这幸福的年青^④ 的一代，

你们这些胜利的叛逆者，

你们这些能够主宰自己的命运的人！

　　　　　　　　　　　　　双十节后一日^⑤

---

① 人文本"年青"作"年轻"。

②《大公报》（香港）本"！"作"，"。

③《大公报》（香港）本以上三行作：

但是你看我自己快流出了眼泪！

我自己也不知道我是感谢着

历史给我们带走了那过去，

④ 人文本"年青"作"年轻"。

⑤《大公报》（香港）本署作"十月十一日，一九四零。"；人文本署作"十月十一日"。

快乐的人们 ①

　　秋天的夜晚。野外。大的红红 ② 的火堆。许多青年男女歌唱着，跳舞着。

所有的人

　　我们使荒凉的地方充满了歌唱。

　　在寒冷的夜晚我们感到温暖。

　　我们开垦出来的山头突起而且丰满

　　像装满奶汁的乳房，从它们，我们收获了冬天的食粮。 ③

　　我们庆祝着我们的收获，

　　也庆祝着我们自己。

　　我们年青而且强壮，

　　而且蓬勃地燃烧着，

---

① 此处录自诗文学社本，以文化生活本、人文本进行汇校。

② 文化生活本、人文本"红红"均作"红色"。

③ 文化生活本、人文本此行分为两行：

像装满奶汁的乳房，

从它们，我们收获了冬天的食粮。

我们是一堆红红①的火！

所有的女子

我们是曾经被②哲学家嘲笑过的
有着狭小的肩膀的女子。
就是用这肩膀，我们和男子一块儿
担负起人类的未来。

男子所能走到的地方我们也要走去，
男子所能做的事情我们都要参与——

所有的男子

我们非常欢喜！

所有的女子

而且我们要和男同志竞赛：
我们要把任何工作都做得最好，

---

① 文化生活本、人文本"红红"均作"红色"。
② 人文本"曾经被"作"资产阶级的"。

不管它多么困难，多么细小。

我们也曾用锄头开过荒地，

我们也曾用镰刀割过谷子，

我们还坐在缝纫机前，

制出军服和衬衣。

所有的男子

我们非常欢喜！

我们欢迎人类的一半的觉醒，^①

所有的人

我们庆祝着我们的觉醒，

也庆祝着明天呵

快向我们走近！

我们是这样快活，

我们是一堆红红^② 的火！

我们在土山上开出窑洞。

① 人文本"，"作"！"。

② 文化生活本、人文本"红红"作"红色"。

我们在河水里洗我们的衣服和身体。

我们在冬天到来以前

上山去砍树子来烧木炭。

我们用自己的手来克服一切困难。

我们并不说小米是最好的粮食，

但当更多的人饿着肚子，

吞食着同样的 ① 粗粝的东西，

每个中国人应该只取这样贫苦的一份。

我们并不掩饰我们的贫苦，

但在它的面前没有一个人垂头丧气，

反而像粗石

它磨得我们更锋利。

我们知道在未来，

家庭和学校，友谊和爱情

将对青年男女带着更甜蜜的笑貌，

给他们更温柔的拥抱，

但我们光明磊落地

放弃了更多的享受，更多的游戏，

---

① 人文本删除"的"。

我们知道是谁剥夺了那些我们应该有的。

第一个男子

但是我们什么也没有丧失，
我们不应该叫那些本来没有的为放弃。

比如我，我从前是一个烧饼铺里的孩子，
我的哥哥是一个跑堂的，
我从小就打柴来帮助家里。

第二个男子

我八岁就给人家放牛，
成天吃着油麦糊和荞麦花子糊。
我的母亲为着买一条裤子，
卖去了我的一个兄弟。
而我因为摔死了一条小牛，
又被扣去一年的工资。

第一个女子

我的童年过度在工厂里。
我的童年和那些棉花包子一起卖了出去。

我现在记起那飞满了棉花和尘土的空气，
就似乎不能够好好地呼吸。

第二个女子

我是一个孤儿。
十年前一个可怕的日子，
我的家被围住了，
就在我们那石板铺地的院子里
把我的父亲绑住，枪杀。
我的哥哥躲在屋檐下的匾额里面，
他们没有发现。
我看着他们到外面搜查。
我不由自主地望了那匾额一眼。
我颤抖了一下。
因为我看见从那上面正掉着尘土。
我的哥哥就因此也被捉住。

第三个男子

是呵，你们什么也没有丧失，
什么也没有放弃。
由于参加了革命的队伍，

你们反而得到了教育，得到了爱护。①

就是我，我这个小地主的儿子，

不愁穿，不愁吃，

用家里的钱进学校，

只 ② 因为我是一个叛逆者，

如同那叛逆的莱谟斯

蔑视他哥哥建筑成的庄严的罗马，

我不能从那

旧世界的秩序 ③

看见一点儿幸福，一点儿意义。

我想不起我曾经有过什么快乐的日子。

我想不起我丧失了什么，

我有什么可以放弃，

除了那些冰冷冷的书籍，

那些沉重的阴暗的记忆，

那种孤独和寂寞，

那种悲观的倾向和绝望。

---

① 文化生活本、人文本以上四行为一节。

② 人文本"只"作"但"。

③ 文化生活本、人文本以上两行合为一行"我不能从那旧世界的秩序"。

所有人

是呵，我们什么也没有丧失，

什么也没有放弃，

除了那沉重的阴暗的过去，

除了奴隶的身分和名义！

第四个男子

我不说我的过去，

我早已经把它完全忘记。

我们活着是为了现在，

或者再加上未来。

所以我只说

我现在是一个真正的浪漫派。

我最讨厌十九世纪的荒唐的梦。

我最讨厌对于海和月亮和天空的歌颂。

比较海，我宁肯爱陆地，

比较月亮，我宁肯爱太阳，

比较天空，我宁肯爱有尘土的地上，

因为海是那样寂寞，那样单调，

月亮是那样寒冷，

天空是那样远，望得我颈子发酸，

而且因为我是一个真正的浪漫派，

我能够从我们穿了两个冬季的棉军服，

从泥土，

从山谷间的黄色的牛群和白色的羊群，

从我们这儿的民主与和平，

从我们的日常生活，

从我们起了茧的手与冻裂了的脚，

看出更美丽的美丽，

更有诗意的诗意。

一部分人

停止，我们的丑角！

停止，我们的滑稽的同志！

比较浪漫主义者，

我们有更好的称呼，更正确的名字。

我们是科学理论的信徒①，

我们是"我们这时代的智慧，良心和荣誉。"②

---

① 文化生活本、人文本"科学理论的信徒"均作"马克思列宁主义者"。

② 人文本此行无双引号。

另一部分人

不过他也说得有一些道理，

而且他说得那么快活！

所有的人

我们庆祝着我们的快活，

也庆祝着过去的阴影

离开了我们。

我们发出光辉，照耀自己，也照耀别人

我们是一堆红色的火！

第三个女子

但是，我说，① 我不应该太快乐，

因为战争还在进行，

敌人还在我们的土地上，②

散播着死亡和灾祸！

---

① 文化生活本、人文本无"，"。

② 人文本删除"，"。

而且大部分世界还是被黑暗所统治，

大部分底 ① 人还带着枷锁，

我们不应该唱太早的凯歌。

第四个女子

是呵，我在最欢乐的时候

总是记起了我的只有一只腿的哥哥， ②

记起了他告诉我

他在战场上发见自己受了重伤，

几乎用炮壳枪打死了自己，

假若不是血流得太多，

两手没有力气拉开那武器。 ③

我在最欢乐的时候

总是记起了他走路时放在胁下的两只木脚。

第五个女子

我有一个弟弟，一个才十九岁的孩子，

---

① 文化生活本、人文本删除"底"。

② 人文本","作"。"。

③ 人文本删除以上五行。

昨天从河防 ① 带伤回来，躺在医院里，

医生说恐怕难医治，

因为一颗子弹穿进了他的肺里。

送葬的行列。覆着旗帜的尸体。

人们沉默地抬着它走近火光前。

第五个女子

呵，这就是我的弟弟！

所有其他的人

呵，这就是我们的小兄弟？

我们还不知道我们谈说着他的时候，

他已经死去！

第五个男子

我们还不知道我们谈说着他的时候，

就在这一刹那，

---

① 文化生活本"河防"作"河旁"；人文本"河防"作"黄河边"。

有多少和他一样年青① 的弟兄

在战场上死亡，受伤，

或者在监狱里受着拷打！

为什么在旧世界崩溃的时候

一定要有这么多的牺牲者？

一定要有这么多的血？②

所有其他的人

这诚然很可悲伤！

有许多人还是如此愚昧，

有许多人还是两只脚的兽类！

但伟大的科学家已经告诉我们，

这是历史的规律，

这已是接近最后和平的战争！③

这诚然很可悲伤！④

---

① 人文本"年青"作"年轻"。
② 人文本删除此节三行。
③ 人文本此节六行删减为三行：
这诚然很可悲伤！
有许多人是如此可贵，
又有些人还是两只脚的兽类！
④ 文化生活本"！"作"："；人文本删除此行。

我们要为这位小兄弟哭一会儿，
把他当作所有牺牲者的代表，
然后擦干眼泪，
用低低的① 歌声送他去安睡！

所有的人

我的小兄弟，
我们在为你哭泣，
在悲伤你死得太早，
你闭上的眼睛
再也不能睁开来
看见我们的明天的美丽。

你活着的时候
是不是很快乐？
是不是大声地笑过
或者唱过很多的歌？ ②

我们的眼泪
擦干了而又流了出来，

---

① 人文本删除"低低的"。
② 人文本删除此节四行。

我们知道

一个人的死亡

并不是太细小的事。

但是，在我们看来，

死亡并不是一个悲剧。

尤其是为了生存的死亡，

为了明天的死亡

更是无可迟疑而且合理。

花落是为了结果实。

母亲的痛苦是为了婴儿。

整个人类像一个巨人，

长长的历史是他的传记，

他在向前走着 ①

翻过了无数的高山，

跨过了无数的旷野，

走向一个乐园。

我们个人

不过是他的很小的肢体，

他的细胞，

---

① 文化生活本、人文本此处有"，"。

在他整个身体上
并不算太重要。

但是，我们的小兄弟，
你是不是觉得我们说得有 ① 理智？
是不是觉得我们说得冷冰冰地，
像大自然的口气？

不，我们是你一样的人，
我们的脉搏在跳着，
我们的血在流动，
我们和你一样
愿意为着明天
献上我们的生命。

我们的眼泪
擦干了而又流出来了 ②，
我们知道
一个人的死亡
并不是太细小的事。

---

① 文化生活本、人文本"有"均作"太"。
② 文化生活本、人文本"又流出来了"均作"又流了出来"。

但是让我们用歌声覆着你，
使你安睡！
你已经完成了你的任务，
你没有什么悔恨！

平安归于你，
荣誉归于你！
在未来的社会里，
当那些比我们更快活的儿女
在最欢乐的时候
记起了为他们死去的先驱者，
在那灿烂的思想的光辉里
有着你的一个位置！

钉棺材的声音。筑坟的声音。

天色渐渐地发白。

第五个女子

我的歌唱得最低最低，
因为我不是用声音而是用眼泪，

因为他不但是我的同志，
而且是我的弟弟，

因为我和他一起度过了贫苦的童年，

一起在田野间游戏，

一起看着我们的可怜的母亲害病死去，

因为自从革命把我们这一对孩子

从农村带到了它的队伍里，

我们很少在一起，

我很少对他尽过姐姐的责任。

所有其他的人

他是在众多的同志间成长，

我们相信一个集体的爱护

更大于一个母亲，一个姊妹！

第五个女子

但是我还在迟疑

我们是不是可以说我们是快乐的，

我们是只应该默默地工作

还是也可以唱着歌？

所有其他的人

我们还是应该说我们是快乐的，

虽说我们的快乐里带着眼泪，

而且有时候我们分不清哪样更多！ ①

因为痛苦虽多，终将消失，

黑夜虽长，终将被白天代替，

死亡虽可怕，终将掩不住新生的婴儿的美丽，

旧世界虽还有势力，终将崩溃，

战争虽残酷，这已经是最大的 ② 接近最后的一次！

第五个女子

那么让我的歌声

还是投入你们的巨大的合唱里，

在那里面谁也听不出

我的颤抖，我的悲伤，

而且慢慢地我也将唱得更高更雄壮！

所有的人

我们将唱得更高更雄壮，

而且唱得那样谐和，

---

① 人文本删除此行。

② 人文本删除"最大的"。

就像从一个人的胸膛里飞出来一样，①

我们歌唱，

我们尽情地歌唱，

一直到我们唱完了

这个准备完全献给欢乐与游戏的晚上！②

我们歌唱③由于有了一阵争论，

我们达到了更坚强的一致，

由于有了一阵悲伤，

我们达到了更深沉的欢乐！④

我们歌唱我们在今夜经历了更多的生活，

仿佛我们突然长大了许多，

像一树果子突然成熟于一个晚上！⑤

我们歌唱⑥黎明已经到来，

---

① 文化生活本"，"作"。"。
② 文化生活本、人文本"！"均作"。"。
③ 人文本删除"我们歌唱"。
④ 人文本"欢乐！"作"欢快。"。
⑤ 文化生活本"！"作"。"；人文本删除此节三行。
⑥ 人文本"我们歌唱"作"呵，"。

我们欢迎它，

如同伸到天空中去欢迎阳光的山峰！ ①

我们因为看见它而颤抖，

如同带着眼泪一样的露水的草木

颤抖于带走了最后的一阵寒冷的晨风！ ②

春③呵，就在那边，

就在那山顶上，

已经出现了阳光！

欢迎，我们的太阳！

我们像已经好久好久没有看见你一样！

欢迎，我们的太阳！

我们的光辉

将投入你的更大的光辉里，

得到更大的快乐，

得到更大的谐和，

我们这一堆红色的火！

---

① 文化生活本"！"作"。"。

② 文化生活本、人文本"！"均作"。"。

③ 文化生活本、人文本"春"均作"看"。

在他们的剧烈的急速的跳舞中

阳光出现。

十一月二十日到二十三日

夜歌（五）①

同志，请你允许我想起你，
带着男子的情感，
也带着同志爱。②

我们的敞篷汽车在开行。
一路的荞麦花。
一车的歌声。
谁知道我们是怎样开始攀谈起来的呢，③
我们虽还不认识，我们已经是同志啦。④
"到敌后去⑤"这个目的
把我们联结⑥在一起。

---

① 本诗以《夜歌（第六）》为题刊载于《大公报》（香港）1941 年 3 月 13 日，第八版《文艺》第
1050 期；又以《夜歌》为题刊载于《大公报》（桂林）1941 年 3 月 28 日，第四版《文艺》（桂字）第
5 期。人文本此诗题为《夜歌（四）》。此处录自诗文学社本，以《大公报》（香港）本〔《大公报》（桂林）
本与此相同〕、文化生活本、人文本汇校。
② 《大公报》（香港）本"。"作"！"。
③ 《大公报》（香港）本"，"作"。"。
④ 《大公报》（香港）本"。"作"！"。
⑤ 《大公报》（香港）本、文化生活本、人文本"到敌后去"均作"到延安去"。
⑥ 《大公报》（香港）本、人文本"联结"均作"连结"。

我们的敞篷汽车停了下来。

汽车工人在修理着机器。

苦寒的陕北高原也有着那样多的野花，

各种各样的野花，

像对我们发出的一些小小的欢呼。

我真想把我采的一束花献给你呢，

你这个年青①的安静的女同志，

你这个从南京逃出来的女同志，

你对我谈得多么亲密！

你说你曾经化妆为②一个乡下姑娘，

不像，

又化妆为③一个男孩子，剪短了头发，

也还是不像。

然而你终于绕了一个大弯子，逃了出来，

从上海，从香港。

我们消失在敌后④

像鱼消失在大海。

谁知道我们又会意外地碰见⑤呢。

---

① 人文本"年青"作"年轻"。
② 《大公报》（香港）本"化妆为"作"化装为"；人文本"为"作"成"。
③ 《大公报》（香港）本"化妆为"作"化装为"；人文本"为"作"成"。
④ 《大公报》（香港）本、文化生活本、人文本"敌后"均作"延安"。
⑤ 《大公报》（香港）本"碰见"作"碰见了"。

而你，① 你是那样欢喜，

像碰见了亲兄弟。

你对我谈说着许多琐碎的事情。

你说你们是那样喜欢吃小米锅巴，

那样喜欢吃花生米，

有了一点点大家都分着吃。②

后来在清凉山——

那时 ③ 我是一个可笑的搜集材料派，

为着写"我歌唱……④"⑤

我 ⑥ 爬上鼓楼去看碑记，

又爬上清凉山去访问

---

① 《大公报》(香港)本无"而你,"。

② 《大公报》(香港)本此行原为五行，其后又有一节五行：

你说你们学校里有这样一个同志，

她有一件棉大衣，又有一件皮大衣，

却不肯借一件给你，

而且对你说，"你冷吗？

你跳跳蹦蹦就不冷啦！"

是的，就是在延安

也还是有着自私自利的人！

而你却把你家里给你的全部的钱，

你和兄弟姊妹分下来的全部遗产，

都分给了几个来延安的同志作路费。

③ 《大公报》(香港)本"那时"作"那时候"。

④ 《大公报》(香港)本、文化生活本"……"均作"延安"。

⑤ 人文本以上两行删改为一行"那时我为着写'我歌唱延安'"。

⑥ 人文本删除"我"。

一个熟悉那儿的掌故的老人——

你在半路上 ① 碰见了我，

告诉我学校要派你去学医 ②。③

你是那样 ④ 犹豫不决。⑤

我也不能替你出主意。

我到前方去了。

我有时竟想起了你，

虽说我所有想起过的人是很少的。⑥

我回来了。我去看你。

你说，"我现在完全习惯了这里的生活。

我现在常常和很多的同学 ⑦ 往还，

不像刚来的时候那样 ⑧ 寂寞。"

---

① 《大公报》（香港）本"半路上"作"路上"。

② 人文本"学校要派你去学医"作"你打算去学医"。

③ 《大公报》（香港）本"。"作"，"。

④ 人文本"你是那样"作"你有些"。

⑤ 《大公报》（香港）本、人文本"。"均作"，"。

⑥ 《大公报》（香港）本此行后另有三行：

我想有些同志谈起了你，

一定会简单地说，

"她是一个落后分子！"

⑦ 文化生活本、人文本"同学"均作"同志"。

⑧ 人文本"那样"作"那样感到"。

我们坐在小饭馆里吃着大米饭。①

你问我，"你从前常常一个人旅行吗？"

接着你又说，"在从前②，

我总是和家里的人一起旅行，

一直到抗战以后，我才一个人坐船，坐火车。"③

我们就像坐在车厢里，

在窗子旁边吃着车上的蛋炒饭。

秋收的时候，

我到你们那边去割谷子。

我和几个男同志借住你的窑洞。

我们把你屋子里的东西弄得很乱。④

你回来的时候，⑤一点儿也没有心烦。

你安静地扫着地，收拾着东西。

我的一个不大称赞人的同伴

---

① 《大公报》（香港）本此行原作两行：
我们坐在小饭馆里。
我们吃着大米饭。
② 《大公报》（香港）本"在从前"作"从前"。
③ 人文本以上二节九行合为一节。
④ 《大公报》（香港）本"。"作"，"；此行后另有三行：
而我这个浪漫派
有一天竟偷偷地穿上了
你的有红泡花的草鞋。
⑤ 《大公报》（香港）本无"，"。

也叹息着你真是一个善良的人。①

是的，世界上还是有着许多许多善良的人。

就由于有着这样的人，

我们才对人类有了信心，

我们才愿意活着，

也愿意去死，去斗争！②

你也许奇怪

我为什么想起了这样多的琐碎的事情。

那么

难道我这是一篇情诗？

我想不是。

我想即使是，

恐怕也很不同于那种资产阶级社会里的，

无论是在它的兴盛期或者衰落期。

我没有把爱情看得很神秘，

也没有带着一点颓儿废③的观点。

---

① 《大公报》（香港）本以上两行作：

使我的一个同伴也叹息着

你真是一个善良的人。

② 《大公报》（香港）本"！"作"，"；人文本删除以上三节十三行。

③ 《大公报》（香港）本、文化生活本、人文本"一点颓儿废"均作"一点儿颓废"。

我从来就把爱情看作

人与人间的情谊加上异性间 ① 的吸引。

而现在，再加上同志爱。

我并不奇怪我们为什么没有发展为 ② 恋爱，

我们实在太不接近。③

延安的同志我想都是

忠实于革命，

也忠实于爱情，

只要生活在一起 ④，

而又互相倾心，

就可以恋爱，结婚。

那么

同志，请你允许我今晚上

想起你，

而且祝你幸福 ⑤！

十二月四日下午 ⑥

① 《大公报》（香港）本"异性间"作"异性"。

② 《大公报》（香港）本"发展为"作"发展成为"。

③ 《大公报》（香港）本无此行。

④ 《大公报》（香港）本"在一起"作"接近"。

⑤ 文化生活本、人文本"祝你幸福"均作"为你祝福"。

⑥ 《大公报》（香港）本此处署作"十二月四日，一九四〇"。

叫喊 ①

1②

叫啊，喊啦！

你们在河边
拉着载满了货物的木船
走上险恶的滩的人，
叫啊，喊啦！

你们③抬着石头
爬上高山
去建筑屋子的人，
叫啊，喊啦！

① 此诗刊载于《大公报》（香港）1941 年 5 月 1 日，第八版《文艺》第 1085 期；又载于《大公报》（桂林）1941 年 5 月 12 日，第四版《文艺》（桂字）第 24 期。此处录自诗文学社本，以《大公报》（香港）本〔《大公报》（桂林）本与此相同〕、文化生活本、人文本汇校。
② 《大公报》（香港）本、人文本"1"均作"一"。
③ 文化生活本"你们"作"我们"，疑为排版错误。

你们码头上的苦力，

叫啊，喊啦！

你们在战场上，

在倒下的尸首的旁边，

向敌人进攻的兵士，

叫啊，喊啦！

你们在阳光下流着汗水的，

你们用自己的手争取生存的，

你们受了打击而不垂头丧气的，

你们遭遇了困难而不放弃斗争的，

你们担负着沉重的担子的，

我在和你们一起叫喊！　①

---

① 《大公报》（香港）本此六行作：
你们一切在阳光下流着汗水的，
一切用自己的手争取生存的，
一切受了打击而不垂头丧气的，
一切遭遇了困难而不放弃斗争的，
一切担负着沉重的担子的，
我在和你们一起叫喊！
人文本此节六行删改为四行：
你们在阳光下流着汗水的，
你们担负着沉重的担子的，
你们为了人类的未来而进行着斗争的，
我在和你们一起叫喊！

2^①

我听见了从各种各样的人发出的叫喊的声音。

我听见了从各个地方发出的叫喊的声音。^②

我甚至于听见了从各个时代发出的叫喊的声音。^③

孤独地绝望地喊着"光！"

软弱地忧郁地喊着"明天！"

空洞地喊着"来呵，来到大路上！"

或者"走呵，走到辽远的地方！"

而我们却喊着

"同志们，前进！"^④

我听见了我们的队伍的整齐的步伐，^⑤

我听见了我们的军号的声音。

我们是幸福的。

我们知道我们要去的是什么地方。

我们知道那里是什么状况。

---

① 《大公报》（香港）本、人文本"2"均作"二"。

② 《大公报》（香港）本以上两行为一节。

③ 《大公报》（香港）本、人文本"。"均作"："。

④ 《大公报》（香港）本以上两行为一节。

⑤ 《大公报》（香港）本","作"。"。

那里没有饥饿的人，

没有受冻的人，

也① 没有卖淫的妇女，

也没有作牛马的男子。

那里失掉了家的人将重又得到他的家，

失掉了爱情的人将重又得到爱情，

失掉了健康的人将重又强壮，

失掉了青春的人将重又年青② 。

那里我们愿意把世界变成怎样美好，③

就可以使它变成怎样美好④

再也没有人阻拦。

那里离我们并不太辽远，

虽说走到那里去还要经过很多很多的困难⑤ 。

---

① 《大公报》（香港）本、文化生活本、人文本均无"也"。

② 人文本"年青"作"年轻"。

③ 《大公报》（香港）本、文化生活本、人文本均无"，"。

④ 《大公报》（香港）本、文化生活本、人文本此处均有"，"。

⑤ 《大公报》（香港）本"经过很多很多的困难"作"通过很多的困难"。

而我呵，我这并不是预言！①

我不是先知，

也不是圣者，②

我只是忠实的真理翻译者，

我只是忠实地说出我所知道的，

我所相信的事情。③

3④

我在⑤为着未来而叫喊，

也为着现在。⑥

为着我们的信心，

也为着我们要通过的困难。

你穿着光滑的丝织品的衣服的人，

你因为喝多了牛奶而消化不良的人，

---

① 《大公报》（香港）本、文化生活本此行自成一节。
② 人文本删除"也不是圣者，"。
③ 《大公报》（香港）本以上三行作：
我只是一个忠实的真理的翻译者，
我只是忠实地说出我所看见的，
我所知道的，我所相信的事情！
④ 《大公报》（香港）本、人文本"3"均作"三"。
⑤ 《大公报》（香港）"我在"作"我"。
⑥ 《大公报》（香港）本"。"作"，"。

你喜欢在阴影里行走的人，

你只愿听溪水和秋天的虫子的声音的人，

对不起，

我打扰了你的和平！①

我的叫喊并不是为着你们。②

对我的兄弟们③

我要用我的叫喊证明：

我既有着温柔的心，

又有着粗暴的声音。④

---

①《大公报》（香港）本此节六行原为八行：

你们穿着光滑的丝织品的衣服的人，

你们因为喝多了牛奶而消化不良的人，

你们鬼鬼祟祟地在阴影里行走的人，

你们神经衰弱病患者，

你们各种各样的怀疑派，

你们的耳朵只愿意听溪水的声音

或者秋天的虫子的声音的欣赏家，

对不起，我打扰了你们的和平！

②《大公报》（香港）本此行原作两行：

你们，

请走开！

③人文本"兄弟们"作"同志们"。

④《大公报》（香港）本此节四行原为三行：

而我呵，我要证明

我们既有着温柔的心

又有着粗暴的声音！

我要证明 ①

唯有有力量的才能叫喊得很宏亮！②

唯有真理才能叫喊得

简单，明白而且动人。

我要证明 ③

一个今天的艺术工作者，

必须站在群众的行列里，

与他们一同前进。④

我还要证明 ⑤

我是一个忙碌的

一天开几个会的

热心的事务工作者，

---

① 人文本此处有"："。

② 文化生活本、人文本"！"均作"，"。

③ 人文本此处有"："。

④《大公报》（香港）本此节原作：

我要证明

一个现在的好的艺术家

必须是一个在政治上

正确而且坚强的人！

文化生活本、人文本以上两行修改为：

必须是一个在政治上

正确而且坚强的人。

⑤ 人文本此处有"："。

也同时是一个诗人。①

十二月六日清早②

---

① 《大公报》（香港）本此节原作：
我要证明
我同时是一个忙碌的，
一天开几个会的，
热心的事务工作者，
也同时是一个诗人！
② 《大公报》（香港）本署作"十二月六日，一九四〇"。

夜歌（六）①

冬天的晚上

我坐在窑洞里烤着红红的炭火。

我忽然想，是谁呵

在他的一部小说的最后说了这样一句话，

"上帝呵，祝福那些无家可归的人！"

是你吗，屠格涅夫！②

我不像你这个旧俄罗斯的贵族

用这句空话来减轻我的不安，

我不能把责任推给上帝，

那个本来不存在的鬼东西，

而且我知道祝福没有一点实际的用处，

对于在我的窑洞以外的

那些没有衣服穿的人，③

---

① 此诗与《夜歌（七）》总题为《夜歌两首》，载于《诗文学》1945 年第 2 期，第 10—12 页；人文本此诗题为《夜歌（五）》。此处录自诗文学社本，以《诗文学》本、文化生活本、人文本进行汇校。

②《诗文学》本、文化生活本、人文本"！"均作"？"。

③ 人文本以上两行为一行"对于那些没有衣服穿的人，"。

那些没有屋顶过夜的人，
那些没有家或者失掉了家的人。

还有我们的前方的兵士，
前方的干部
在这晚上
我知道你们正在和敌人争夺着村庄，
大炮像雷一样响，
机关枪像疟疾病患者敲打着牙齿，
你们在受伤，在死；
或者你们正和衣躺在炕上，
突然紧急集合了，
你们翻身起来把背囊背上，
备好马，
准备出发；
或者在那更北的北方，
现在正下着大雪，
你们在行军，
你们有些人还没有鞋袜；
或者你们在过封锁线，
走了一天一夜还没有吃东西。

我曾经参加过的 ×××① 师的同志们，

___

① 文化生活本、人文本"×××"均作"一二〇"。

我知道在我离开了你们以后，

你们在河北遭遇过大水灾，

经常把两只腿浸在水里行军；

你们在山西遭遇过敌人的围攻，

经常在下大雨的晚上

用两手两足爬着泥滑的山路；

而且因为粮食困难，

你们经常吃着喂马的黑豆，

吃一顿小米就是会餐。

对于你们

鼓励的话，

关于未来的话，

都不必说呵 ①。

你们不是空口谈说着未来，

而是在为它受苦，

为它斗争。

是谁呵，想天下有一个被水淹的，

就像自己使他被水淹一样？

---

① 文化生活本"呵"作"啊"。

是你吗，大禹？
你真忙啦！你真苦啦！
据说你治理了九年的洪水，
你三次从你家里的门前走过没有进去，
而且你听见了你的小儿子在哇哇地哭。

还有你提倡自己刻苦的墨翟，
你跑到这个国家去劝人家不要进攻，
又跑到那个国家去帮助人家防御，
据说你住一个地方
总是灶还没有烧黑
就又走啦。

这种传统，
这种英雄，
只有我们的队伍里
才承继了下来，
才找得出很多很多。

我不是历史家，
但我必须从你们
来给"英雄"下一个另外的定义。
过去的历史家，崇拜家 ①

---

① 人文本删除"，崇拜家"。

对于亚力山大，该撒① 或者拿破仑

常常发生兴趣，

那正如小孩子喜欢听狼和老虎的故事。②

唯有你们从人民中来

而又坚持地为人民做事的，

才最值得用诗，用历史

来歌颂，来记下你们的功劳和名字。③

约一九四〇年到四一年之间④

---

① 人文本"该撒"作"恺撒"。
② 文化生活本"。"作"，"；人文本"。"作"——"。
③《诗文学》本以上四行为一节。
④《诗文学》本此处未署日期；文化生活本、人文本均署作"十二月二十四日"。

夜歌（七）①

1

"生命的小船碰上了

生活中的礁石……②"

呵，你们死者！

你发狂而死的死者！

你像夜莺一样唱得吐血而死的死者！

你驾一只船到海上去

就再也不回来的浪漫派！

你像中国农村里的小媳妇一样

用带子吊死的厌世家！

你从革命的队伍里开了小差

却首先用一颗子弹

---

① 此诗与《夜歌（六）》总题为《夜歌两首》，刊载于《诗文学》1945 年第 2 期，第 10—12 页。人文本删除此诗。此处录自诗文学社本，以《诗文学》本、文化生活本进行汇校。

② 文化生活本"……"作"…"。

惩罚你自己的逃兵！

呵，我最悲痛
你们用自己的手
割断了生命的人！

不只是你们呵，我想，
在最痛苦的时候
想象用手枪对准他的太阳穴，
在最疲乏的时候，
希望闭眼睛就再也不睁开，
在斗争最剧烈的时候
动摇过，打算从人生里开一次小差！

你们
有冷静地研究哪种死法最不痛苦的，
有嘲笑了别人的自杀而后来自己也自杀的。
呵，生活是平凡的。
而又充满了残酷的。

但最勇敢的 ①

————————————

① 《诗文学》本此行自成一节。

还是战斗着活了下来，

或者战斗着死在敌人手里！ ①

2

死呢还是活，

这已经绝对不成问题。

问题在怎样地活，②

轰轰烈烈地活，

打得头破血流地活，

大声笑着，大声哭着地活，

拥抱呀，接吻呀地活，

一天开几个会

而且每个会上都热烈地发言地活，

还是平凡地活，

埋头苦干地活，

一丝一毫也不放松地

科学地活

冷静地活。③

---

① 《诗文学》本以上两行自成一节。

② 文化生活本"，"作"："。

③ 文化生活本以上五行自成一节。

呵，生活是平凡的

而且①充满了矛盾的。

多少勇往直前的船

在日常生活沙滩上搁了浅。②

但是，最正确地活着的

应该最热情也最理智，

最傻也最聪明，

在平常的生活里也斗争着，

在斗争最尖锐的时候也从容而镇定。③

3

堂堂正正地做一个人，

好好地过日子，

而且拼命地做事情，

我们谁也还不晚！

一切为了我们的巨大的工作，

---

① 《诗文学》本、文化生活本"而且"均作"而又"。
② 《诗文学》本"。"作"！"。
③ 文化生活本"。"作"！"。

一切为了我们的大我。
让群众的欲望变为我们的欲望，
让群众的力量生长在我身上。

撒下去的种子总要长起来呵，
不管去收获的是你还是我。

看那些先驱者在前仆后继，
赶上前去！
看那些好兄弟多么忠实，
向他们学习！

不管他是饲养员、炊事员，
他是工作得多么坚定，多么快乐！
他们并不 ① 思索死与活，

---

① 《诗文学》本此处无"不"。

然而他们最知道活着是为了什么！ ①

约为一九四〇年与一九四一年之间 ②

---

①《诗文学》本以上四行与上一节连成一节。文化生活本以上四节十四行为：
活下去，
工作   他们溜马，
而且快乐   饮马，
一个人就是简单，   备鞍子，
                铡草，
一切为了革命   半夜起来添料
一切都是革命工作，   或者烧火，
                洗菜，
我们的一个马夫   煮小米饭
或者一个伙夫   行军时候抬一口锅，
都明白这个道理，
你听他们说得多动人：   他们并不思索死与活，
"我们做的也是革命工作！"   但他们最知道活着是为了什么。
②《诗文学》本此处未署日期；文化生活本署作"十二月二十八日上午"。

黎明 ①

山谷中有雾。草 ② 上有露。

黎明开放着像花朵。

工人们打石头的声音

是如此打动了我的心，

我说，劳作的最好的象征是建筑：

我们在地上看见了房屋，

我们可以搬进去居住。

呵，你们打石头的，砍树的，筑墙的，盖屋顶的，

我的心和你们的心是如此密切地相通，

我们像是在为着同一的建筑出力气的弟兄。

我无声地 ③ 写出这个短歌献给你们，

献给所有一醒来就离开床，

---

① 此诗与《河》《郦鄂戏》曾以《诗三首——黎明、河、郦鄂戏》为题载于《草叶》1941 年创刊号；又以《短歌三首》为题载于《文艺生活》（桂林）1942 年第 1 卷第 6 期，第 43 页；此诗又单独载于《诗创作》1942 年第 8 期，第 1 页。此处录自诗文学社本，以《文艺生活》本、《诗创作》本、文化生活本、人文本进行汇校。

② 《文艺生活》本"草"作"草原"。

③ 《诗创作》本"地"作"的"。

一起来就开始劳作的人，

献给我们被号声叫起来 ① 早操的兵士，

我们的被钟声叫起来自习的学生，

我们的被鸡声叫到地里去的农夫。

以下一九四一年 ②

---

① 《诗创作》本"起来"作"出来"。

② 按：自《黎明》以下至《我把我当作一个兵士》九首诗均作于 1941 年。文化生活本、人文本此处未署日期。

河 ①

我散步的时候的伴侣，我的河，
你在歌唱着什么？
我这是多么无意识的话呵。
但是我知道没有水的地方就是沙漠
你从我们居住的小市镇流过。
我们在你的水里洗衣服，洗脚。
我们在沉默的群山中间听着你
像听着大地的脉搏。
我爱人的歌，也爱自然的歌，
我知道没有声音的地方就是寂寞。

---

① 此诗与《黎明》《郦鄂戏》曾以《诗三首——黎明、河、郦鄂戏》为题载于《草叶》1941 年创刊号；又以《短歌三首》为题载于《文艺生活》（桂林）1942 年第 1 卷第 6 期，第 43 页；此诗又与《郦鄂戏》以《诗二章》为题载于《力报副刊·半月文艺》1942 年第 19 期，第 18 页。此处录自诗文学社本，其余各本皆一致，无改动。

郿鄠戏 ①

你呜呜地唱了起来的

对面山上的郿鄠戏，

你的笛子，你的胡琴，

你敲打着的拍板，

你间或又响一下的锣声，

你的节奏是那样简单，那样短促，

你呜呜地唱着

像哭泣，

从你我听出了陕北②的③过去的④人民的生活，

我听出了古代的秦国的贫苦，

我听出了唐朝的边塞的战争，

我听出了干旱，

我听出了没有树林的山，

---

① 此诗与《黎明》《河》曾以《诗三首——黎明、河、郿鄠戏》为题载于《草叶》1941年创刊号；又以《短歌三首》为题载于《文艺生活》（桂林）1942年第1卷第6期，第43页；此诗又与《河》以《诗二章》为题载于《力报副刊·半月文艺》1942年第19期，第18页。此处录自诗文学社本，以《文艺生活》本、《力报副刊》本、文化生活本、人文本进行汇校。

② 《文艺生活》本"陕北"作"古城"。

③ 人文本删除"的"。

④ 《力报副刊》本"陕北的过去的"作"此地的过去"。

我听出了破烂的窑洞和难吃的小米饭，

我听出了女孩子卖钱，男孩子没有裤子穿，

我听出了地主们驱使着农民

像蒙了眼睛的毛驴一辈子绕着磨子转……①

但是② 你停止了，

我叹了一口气，

我像从一个沉重的梦里醒了③ 过来，

灿烂的阳光在我的窑洞的门外。④

---

① 文化生活本"……"作"…"。

②《力报副刊》本"但是"作"于是"。

③《力报副刊》本删除"了"。

④《力报副刊》本以上六行为一节。

我为少男少女们歌唱 ①

我为少男少女们歌唱。

我歌唱早晨，

我歌唱希望，

我歌唱那些属于未来的事物，

我歌唱那些 ② 正在生长的力量。

我的歌呵，

你飞吧，

飞到那些 ③ 年轻 ④ 人的心中

---

① 此诗与《生活是多么广阔》《虽说我们不能飞》《我看见了一匹小小的驴子》《从那边走过来的人》《我把我当作一个兵士》以《歌六首》为总题，载于《解放日报·文艺》第 51 期，1941 年 12 月 8 日；又载于《力报副刊·半月文艺》1942 年第 17—18 期，第 49—52 页；又载于《天下文章》1943 年第 3 期，第 79—82 页；又以《我为少男少女们歌唱》为总题载于《大公报》(桂林)1942 年 9 月 30 日，第四版《文艺》(桂字) 第 197 期。此诗单独载于《文萃》1945 年第 6 期，第 20 页；又由黄肯谱曲，作为歌词载于《音乐知识》，1943 年第 1 卷第 5 期，第 39—40 页。此诗在《文萃》刊载时诗前有编者按语："何其芳先生的诗，一向为渴求光明自由的青年男女们所爱好；这首《我为少男少女们歌唱》，更是近年来在内地为千万青年男女所热烈爱好，赞美的诗，他 (她) 们随时随地都在口中朗诵和歌咏。我们谨以此郑重献给尚未读到这首诗的，千万同样渴求光明自由的收复区的青年男女们。"此处录自诗文学社本，以《解放日报》本〔《大公报》(桂林) 本、《天下文章》本与此相同〕、《力报副刊》本、《文萃》本、《音乐知识》本、文化生活本、人文本进行汇校。

② 人文本删除"那些"。

③ 人文本删除"那些"。

④《解放日报》本、《力报副刊》本、《音乐知识》本"年轻"均作"年青"。

去找你停唱① 的地方。

所有使我像草一样颤抖过的，

快乐或者好的思想，

都变成声音飞到四方八面去吧，②

不管它像一阵微风

或者一片阳光。

轻轻地从我琴弦上③

失掉了成年的忧伤，

我重新变得年轻④ 了，

我的血流得很快

对于生活我又充满了梦想，充满了渴望⑤。

---

①《力报副刊》本、《音乐知识》本、文化生活本、人文本"停唱"均作"停留"；《文萃》本"停唱"作"住歌"。

②《解放日报》本、《力报副刊》本此行原为两行：

都变成声音

飞到四方八面去吧，

③《力报副刊》本此行作"我轻轻地从琴弦上"。

④《解放日报》本、《力报副刊》本、《音乐知识》本"年轻"均作"年青"。

⑤《音乐知识》本"渴望"作"希望"。

生活是多么广阔 ①

生活是多么广阔，

生活是海洋。

凡是有生活 ② 的地方就有快乐和宝藏。

去参加歌咏队，去演戏，

去建设 ③ 铁路，去作飞行师，

去坐在实验室里，去写诗，

去高山上滑雪，去驾一只船颠簸在波涛 ④ 上，

去北极探险，去热带搜集植物，

去带一个帐篷在星光下露宿。

去过极寻常的日子，

---

① 此诗与《我为男少女们歌唱》《虽说我们不能飞》《我看见了一匹小小的驴子》《从那边走过来的人》《我把我当作一个兵士》以《歌六首》为总题，载于《解放日报·文艺》第 51 期，1941 年 12 月 8 日；又载于《力报副刊·半月文艺》1942 年第 17—18 期，第 49—52 页；又载于《天下文章》1943 年第 3 期，第 79—82 页；又以《我为少男少女们歌唱》为总题载于《大公报》（桂林）1942 年 9 月 30 日，第四版《文艺》（桂字）第 197 期。此处录自诗文学社本，以《解放日报》本《力报副刊》本、文化生活本、人文本进行汇校。

② 《解放日报》本、《力报副刊》本"有生活"均作"有人"。

③ 《解放日报》本、《力报副刊》本"建设"均作"建筑"。

④ 《解放日报》本、《力报副刊》本"波涛"均作"波浪"。

去在平凡的事物中睁大你的眼睛，

去以自己的火点燃旁人的火，

去以心发现心。

生活是多么广阔。

生活又多么芬芳。

凡是有生活^① 的地方就有快乐和宝藏。

----

① 《解放日报》本、《力报副刊》本"有生活"均作"有人"。

虽说我们不能飞 ①

虽说我们不能飞，
我们有想象的翅膀。

人制造了航海的船。
人又制造了飞机。
而现在我们却用 ② 它们去打仗 ③。

让我们想象将来只用它们来游戏，
只用它们来旅行远地 ④，
只让它们给我们带来久别的亲人，
给我们带来各地的物产，
给我们带来书籍 ⑤ 和乐器。

---

① 此诗与《我为少男少女们歌唱》《生活是多么广阔》《我看见了一匹小小的驴子》《从那边走过来的人》《我把我当作一个兵士》以《歌六首》为总题，载于《解放日报·文艺》第 51 期，1941 年 12 月 8 日；又载于《力报副刊·半月文艺》1942 年第 17—18 期，第 49—52 页；又载于《天下文章》1943 年第 3 期，第 79—82 页；又以《我为少男少女们歌唱》为总题载于《大公报》（桂林）1942 年 9 月 30 日，第四版《文艺》（桂字）第 197 期。此处录自诗文学社本，以《解放日报》本《力报副刊》本、《大公报》（桂林）本、文化生活本、人文本进行汇校。

② 《大公报》（桂林）本"我们却用"作"人却用"；人文本"用"作"要用"。

③ 《解放日报》本、《力报副刊》本此行作"只有那些愚蠢的人才用它们去打仗"。

④ 《解放日报》本、《力报副刊》本"远地"作"各地"。

⑤ 人文本"书籍"作"书藉"。

我看见了一匹小小的驴子 ①

我看见了一匹小小的驴子，

它是那样跳跃，那样欢喜，

干燥的多尘土的道路

在它的蹄下也像是一片草② 地。

它不知道它长大了的时候，

它的背上将压上什么东西。

它来到世界上还不久，

它能够那样轻快地跳跃，

那样快活地呼吸。

看它是怎样摇动着耳朵呵，

看它这个小东西！ ③

---

① 此诗与《我为少男少女们歌唱》《生活是多么广阔》《虽说我们不能飞》《从那边走过来的人》《我把我当作一个兵士》以《歌六首》为总题，载于《解放日报·文艺》第51期，1941年12月8日；又载于《力报副刊·半月文艺》1942年第17—18期，第49—52页；又载于《天下文章》1943年第3期，第79—82页；又以《我为少男少女们歌唱》为总题载于《大公报》(桂林)1942年9月30日，第四版《文艺》(桂字)第197期。此处录自诗文学社本，以《解放日报》本、《力报副刊》本、文化生活本、人文本进行汇校。

② 《解放日报》本、《力报副刊》本"草"均作"青草"。

③ 《解放日报》本、《力报副刊》本以上四行原作：
它能够用眼睛看见那样多的新鲜，那样多的惊奇，
它能够那样轻快地跳跃，那样快活地呼吸。
看它是怎样摇动着耳朵呵，看它这个小东西！

从那边走过来的人 ①

"从那边路上走过来的人，

你看见了什么？

你又经历了什么 ② ？"

"路道 ③ 很长。我看见的东西也很多。

我经历了 ④ 很多的苦痛 ⑤，

但我现在记得 ⑥ 却是 ⑦ 快乐。⑧

我疲倦的头曾经挨着温柔的胸怀睡过。

———————————

① 此诗与《我为少男少女们歌唱》《生活是多么广阔》《虽说我们不能飞》《我看见了一匹小小的驴子》《我把我当作一个兵士》以《歌六首》为总题，载于《解放日报·文艺》第51期，1941年12月8日；又载于《力报副刊·半月文艺》1942年第17—18期，第49—52页；又载于《天下文章》1943年第3期，第79—82页；又以《我为男少女们歌唱》为总题载于《大公报》(桂林)1942年9月30日,第四版《文艺》(桂字)第197期。此处录自诗文学社本，以《解放日报》本、《力报副刊》本、文化生活本、人文本进行汇校。

② 《力报副刊》本"你又经历了什么"错排为"又经历你了什么"。

③ 《解放日报》本"道路"作"路是"。

④ 《力报副刊》本"了"作"的"。

⑤ 《解放日报》本"苦痛"均作"痛苦"。

⑥ 《解放日报》本、文化生活本、人文本此处有"的"。

⑦ 《力报副刊》本"却是"作"的都是"。

⑧ 《解放日报》本、《力报副刊》此后另有两行：

那些我讨厌过的东西

我回过头去看时也并不一定是丑恶。

也曾经有许多暖和的屋顶遮过我的寒冷。

一阵拥抱，一次^①吻，

一点灯火，一个声音的喊叫，

一颗好的心，一本历史上的巨人的传记，

都曾经使我在快要倒下的时候

突然恢复了^②力量和勇气。

一切都完成了我。^③一切都行向^④一个真理。

我相信了^⑤人，也相信了自己。

人，多么渺小的人呵，

却能够做出多么^⑥伟大的事情，

像很高的山峰突出于平地！

你这边那边的人，

你向我问着这问着那的人，

让我们互相称为兄弟！

我像好久好久没有看过人了^⑦呵！

我们从许多不同的道路走到了一起真是^⑧不容易！

今天我像是第一次感到世界是这样好，

---

① 文化生活本、人文本"次"均作"阵"。

② 《力报副刊》本"了"作"我"，疑排版错误。

③ 《力报副刊》本"。"作"，"。

④ 《解放日报》本、文化生活本、人文本"行向"均作"引向"。

⑤ 《力报副刊》本"了"作"的"，疑排版错误。

⑥ 《力报副刊》本"够做出多么"作"□□去"。

⑦ 《力报副刊》本"了"作"的"，疑排版错误。

⑧ 《解放日报》本、《力报副刊》本无"是"。

人是这样可亲，
草是这样香，
阳光是这样美丽！

我把我当作一个兵士①

我把我当作一个兵士，

我准备打一辈子的仗。

当我因② 碰上了工作中的困难而烦恼，

当我因为疲乏而感到生活是平凡而且单调，

我就想我是一个兵士，

一个简简单单的兵士，③

我想我是在攻打着④ 一座⑤ 城堡，

我想我是在黑夜放哨，

我想我不应该有片刻的松懈，

因为在我的队伍中一个兵士有一个兵士的重要，⑥

---

① 此诗与《我为少男少女们歌唱》《生活是多么广阔》《虽说我们不能飞》《我看见了一匹小小的驴
子》《从那边走过来的人》以《歌六首》为总题，载于《解放日报·文艺》第 51 期，1941 年 12 月 8 日；
又载于《力报副刊·半月文艺》1942 年第 17—18 期，第 49—52 页；又载于《天下文章》1943 年第 3 期，
第 79—82 页；又以《我为少男少女们歌唱》为总题载于《大公报》(桂林)1942 年 9 月 30 日，第四版《文
艺》(桂字)第 197 期。此处录自诗文学社本，以《解放日报》本、《力报副刊》本、文化生活本、人
文本进行汇校。

② 人文本"因"作"因为"。

③《解放日报》本、文化生活本、人文本"，"均作"。"，以上四行均为一节。

④《力报副刊》本"着"作"的"，疑排版错误。

⑤《解放日报》本"一座"作"一个"。

⑥《解放日报》本、《力报副刊》本"，"均作"……"。

我把我当作一个兵士，
我准备打一辈子的仗。

平静的海埋藏着波浪 ①

"平静的海埋藏着波浪，②

鸟雀未飞时收敛着翅膀，③

你呵，你为什么这么 ④ 沉郁，⑤

有些什么难于管束的东西

在你的胸中激荡？"

"我在给我自己筑着堤岸，

让我以后的日子平静地流着，

一直到它流完，⑥

再也不要有什么泛滥。"

"我看见人把猛兽囚在笼子里，

---

① 此诗与《我想谈说种种纯洁的事情》《这里有一个短短的童话》《多少次呵当我离开了我日常的生活》《什么东西能够永存》总题为《平静的海埋藏着波浪》载于《大公报》（桂林）1942 年 10 月 22 日，第四版《文艺》（桂字）第 203 期。人文本删除此诗。此处录自诗文学社本，以《大公报》（桂林）本、文化生活本进行汇校。

② 《大公报》（桂林）本"，"作"。"。

③ 《大公报》（桂林）本"，"作"。"。

④ 《大公报》（桂林）本、文化生活本"这么"作"这样"。

⑤ 《大公报》（桂林）本"，"作"？"。

⑥ 《大公报》（桂林）本无"，"。

外面再加上铁栏杆，

这一切都是多事，

不如让鹰飞在天空，虎豹奔跑在深山。"

"我就要这样驯服^①我自己，

从前我^②完全是自然的儿子，

我做了一切我想^③做的，

但我给自己带来的不是幸福

而是沉重的，沉重的负担。"

"能够燃烧的总是容易燃烧，

要爆炸的终于将爆炸，

石头被敲打时也会发出火花^④"

三月八日^⑤

---

① 《大公报》（桂林）本"驯服"作"驯伏"。

② 《大公报》（桂林）本"从前我"作"我从前"。

③ 《大公报》（桂林）本"想"作"所想"。

④ 《大公报》（桂林）本、文化生活本此处有"。"。

⑤ 《大公报》（桂林）本署为"三月九日"；文化生活本署作"一九四二年三月八日"。

我想谈说种种纯洁的事情①

我想谈说种种纯洁的事情，

我想起了我最早的朋友，最早的爱情。

地上有花。天上有星星。

人——有着心灵。

我知道没有什么东西能够永远坚固。

在自然的运行中一切消逝如朝露。

但那些发过光的东西是如此可珍，

而且在它们自己的光辉里获得了永恒。

我曾经和我最早的朋友一起坐在草地上读着书籍，

一起在星空下走着，谈着我们的未来。

对于贫穷的孩子它们是那样富足。

我又曾②沉默地爱着一个女孩子，

---

① 此诗与《什么东西能够永存》《多少次呵当我离开了我日常的生活》总题为《诗三首》载于《解放日报》1942 年 4 月 3 日；此诗又与《平静的海埋藏着波浪》《这里有一个短短的童话》《多少次呵当我离开了我日常的生活》《什么东西能够永存》总题为《平静的海埋藏着波浪》载于《大公报》（桂林）1942 年 10 月 22 日，第四版《文艺》（桂字）第 203 期。人文本删除此诗。此处录自诗文学社本，以《解放日报》本、《大公报》（桂林）本、文化生活本进行汇校。

② 《大公报》（桂林）本"曾"作"曾经"。

我是那样喜欢为她做着许多小事情。

没有回答，甚至于没有觉察，

我的爱情已经和十五晚上的月亮一样圆满。

呵，时间的灰尘遮盖了我的心灵，

我太久太久没有想起过他们！ ①

我最早的朋友早已睡在坟墓里了。

我最早的爱人早已作了母亲。

我也再不是一个少年人。

但自然并不因我停止它的运行，

世界上仍然到处有着青春，

到处有着刚开放的心灵。

年青 ② 的同志们，我们一起到 ③ 野外去吧，

在那柔和的蓝色的 ④ 天空之下，

我想对你们谈说种种纯洁的事情。

一九四二年三月十三日 ⑤

---

① 《大公报》（桂林）本 "！" 作 "，"。

② 文化生活本 "年青" 作 "年轻"。

③ 《大公报》（桂林）本 "到" 作 "走到"。

④ 《大公报》（桂林）本无 "的"。

⑤ 《解放日报》本、《大公报》（桂林）本署作 "三月十三日"；文化生活本署作 "三月十五日"。

这里有一个短短的童话①

这里有一个短短的童话，②

一个想变成人类的女人鱼

籍③了女巫的魔法失掉了尾巴，

而且和人住在一起后

不久就学会了说话。

她说："人呵，你们是这样美丽，

你们能够在空气里游戏，④

你们又能够用声音交换情感和意义。⑤

请不要责备我为什么这样羞涩，

为什么这样口吃，

因为我还不习惯这一切。"

于是有人走拢去拥抱她，

---

① 此诗与《平静的海埋藏着波浪》《我想谈谈种种纯洁的事情》《多少次呵当我离开了我日常的生活》《什么东西能够永存》总题为《平静的海埋藏着波浪》载于《大公报》（桂林）1942年10月22日，第四版《文艺》（桂字）第203期。人文本删除此诗。此处录自诗文学社本，以《大公报》（桂林）本、文化生活本进行汇校。

② 《大公报》（桂林）本"，"作"。"。

③ 《大公报》（桂林）本、文化生活本"籍"均作"藉"。

④ 《大公报》（桂林）本"，"作"。"。

⑤ 《大公报》（桂林）本此行作"你们又会用你们的声音来交换情感和意义"。

而且接着放开了她，①

她全身轻轻地颤抖

而且流出了她第一次的眼泪，②

她又笑出了她第一次的笑。

自从有了笑和泪，

她就真正变成了人类，变成了人的姊妹。③

① 文化生活本此行移动到"而且流出了她第一次的眼泪，"一行之后。
② 《大公报》(桂林) 本以上三行作：
她全身发出轻轻的颤抖，
而且流出了她第一次的眼泪。
接着放开了她，
③ 文化生活本此句后有写作日期"三月十三日"。

多少次呵当我离开了我日常的生活 ①

多少次呵我 ② 离开了我日常的生活，

那狭小的生活，那带着 ③ 尘土的生活，

那发着 ④ 喧嚣的声音的忙碌的生活，

走到辽远的没有人迹的地方，

把我自己投在草地上，

我像回到了我的最宽大的母亲的怀抱里，

她不说一句话，

只是让我在她的怀抱里痛快地哭一场，⑤

或者静静地睡一觉，⑥

然后温柔地沐浴着我，

---

① 此诗与《我想谈说种种纯洁的事情》《什么东西能够永存》总题为《诗三首》载于《解放日报》1942 年 4 月 3 日；又与《平静的海埋藏着波浪》《我想谈说种种纯洁的事情》《这里有一个短短的童话》《什么东西能够永存》总题为《平静的海埋藏着波浪》载于《大公报》（桂林）1942 年 10 月 22 日，第四版《文艺》（桂字）第 203 期。此处录自诗文学社本，以《解放日报》本、《大公报》（桂林）本、文化生活本、人文本进行汇校。文化生活本题目中"呵"作"啊"。

② 《大公报》（桂林）本"我"作"当我"。

③ 《解放日报》本"那带着"作"那样带着"；《大公报》（桂林）本"那带着"作"那满带着"。

④ 《大公报》（桂林）本"发着"作"发出"。

⑤ 《解放日报》本以上三行原作两行：
我像回到了我的最宽大，最会抚慰人的母亲的怀抱里。
她不说一句话，只是让我在她的怀抱里痛快地哭一场，
《大公报》（桂林）本以上三行作两行：
我像回到了我的最宽大，最会抚慰我的母亲的怀抱里，
她不说一句话，只是让我在她的怀抱里痛快地哭一场，

⑥ 人文本以上两行修改为一行"只是让我在她的怀抱里静静地睡一觉，"。

用河水的声音，用天空，用白云，

一直到完全洗净了①我心中的一切琐碎②，③重压和苦恼，

我像一个新生出来的人，④

或者像一个离开了人世⑤的人，

只是吃着野果子，吸着露水过日子……⑥

但很快⑦我又记起我那日常的生活，⑧

那狭小的生活，那满带⑨着尘土的生活，

那发着⑩喧嚣的声音的忙碌的生活，

我是那样爱它，

我⑪一刻也不能离开它，

我要急急忙忙地走回去，

我要⑫走在那不洁净的街道上，

<hr />

① 《大公报》（桂林）本"洗净了"作"洗掉了"。

② 《解放日报》本、《大公报》（桂林）本"我心中的一切琐碎"均作"我心里的一切繁琐"。

③ 人文本"，"作"、"。

④ 人文本"，"作"……"。

⑤ 《大公报》（桂林）本"人世"作"人间"。

⑥ 文化生活本"……"作"…"；人文本删除以上两行；《解放日报》本此行原作三行：

只是吃着野果子，吸着露水过我的日子，

完全忘记了世界是一个地狱

而所有的人都是无罪的囚徒，

《大公报》（桂林）本此行作三行：

仿佛只是吃着野果子，吸着露水过我的日子，

完全忘记了人间是一座地狱

而所有的人都是无罪的囚徒，

⑦ 文化生活本、人文本"很快"均作"很快地"。

⑧ 《解放日报》本此行作"但很快地我又记起了我那现实的生活，"；《大公报》（桂林）本此行作"但很快地我又想起了我那现实的生活，"。

⑨ 《大公报》（桂林）本"满带"作"滞带"。

⑩ 《大公报》（桂林）本"发着"作"发出"。

⑪ 《大公报》（桂林）本"我"作"感到"。

⑫ 《解放日报》本、《大公报》（桂林）本"我要"均作"我要去"。

走在那拥挤的人群中，①

①《解放日报》本此行至结尾有较多不一致，现录如下：
走在那拥挤的人群中，
那有着满是皱纹而且污秽的脸的人群中。
我要去和那些汗流满面的人一起在土地上劳苦，
一起去从吝啬的土地索取可怜的食物，
我要去睡在那低矮的屋顶下，
和我那些兄弟们一起叹息，
一起唱着悲哀的歌，
或者一起做着各种各样的沉重的梦，
甚至于假若我们必须去战争，
我也愿意去走在那些带着武器的兵士们的行列里，
去看见血，去看见尸首，去死……
呵，我是如此愿意永远和我的兄弟们在一起，
和我那些不幸的，褴褛的，饥饿的，甚至于还有些野蛮的兄弟们在一起，
我愿意去负担，我愿意去忍受，我愿意去奋斗，
我和他们的命运是紧紧地联接在一起，
没有什么能够分开，没有什么能够破坏，
尽管个人的和平和幸福是那样容易找到，
我是如此不安，如此固执，如此暴躁，
我不能接受它们的诱惑和拥抱！
《大公报》（桂林）本此行至结尾亦有较多不一致，较《解放日报》本亦有修改，现录如下：
走在那拥挤的人群中，
走在那有着满是皱纹而且污秽的脸的人群中，
我要去和那些汗流满面的人一起在土里劳动，
一起去从吝啬的土地索取可怜的食物，
我要去睡在那低矮的屋顶下，
和我那些兄弟们一起叹息，
一起唱着悲哀的歌，
或者一起做着各种各样的沉重的梦，
甚至于假若我们必须去战争。
我也愿意去走在那些带着武器的兵士们的行列里，
去看见血，去看见尸首：
呵，我是如此愿意永远地和我的兄弟们在一起，
和我那些不幸的，褴褛的，饥饿的兄弟们在一起，
我愿意去负担，愿意去忍受，愿意去奋斗，
我和他们的命运是紧紧地联结在一起，
没有什么能够分开，没有什么能够破坏，
虽说个人的和平与幸福是那样容易找到，
我是如此不安，如此固执，如此暴躁，
我不能接受它们的诱惑和拥抱！

我要去和那些汗流满面的人一起劳苦，

一起用自己的手去获得食物，

我要去睡在那低矮的屋顶下，

和我那些兄弟们一起做着梦，

或者一起醒来，唱着各种各样的歌，

我要去走在那些带着武器的兵士们的行列里，

和他们一起去战斗，

一起去争取自由……①

呵，我是如此愿意永远和我的兄弟们在一起，

我和他们的命运是紧紧地联结在一起，

没有什么分开，没有什么能够破坏，

尽管个人的和平是很容易找到，

我是如此不安，如此固执，如此暴躁，

我不能接受它的诱惑和拥抱！

三月十五日②

---

① 文化生活本"……"作"…"。
② 文化生活本署作"三月十九日"；人文本署作"一九四二年三月十九日"。

什么东西能够永存①

什么东西能够永存？

人在日光之下一切劳碌到底有什么益处②，

人既然③那样快地从摇篮到坟墓？

我的心里有时发出这样的声音，

我知道是那个顶古老，顶丑陋的魔鬼的声音④，

虽然它说得那样甜蜜，那样年青。⑤

但当我夜里读着历史，或者其他的书籍，⑥

我仿佛看见了许多高大的碑石，

许多燃烧在时间的黑暗里⑦的火炬。

---

　　① 此诗与《我想谈说种种纯洁的事情》《多少次呵当我离开了我日常的生活》总题为《诗三首》载于《解放日报》1942年4月3日；又与《平静的海埋藏着波浪》《我想谈说种种纯洁的事情》《这里有一个短短的童话》《多少次呵当我离开了我日常的生活》总题为《平静的海埋藏着波浪》载于《大公报》（桂林）1942年10月22日，第四版《文艺》（桂字）第203期。人文本删除此诗。此处录自诗文学社本，以《解放日报》本、《大公报》（桂林）本、文化生活本进行汇校。

　　②《大公报》（桂林）本"益处"作"用处"。

　　③《大公报》（桂林）本"人既然"作"既然人"。

　　④《解放日报》本"的声音"作"发出的声音"。

　　⑤《解放日报》本、《大公报》（桂林）本以上三行为一节。

　　⑥《大公报》（桂林）本此行作"但当我读着历史或者其他的书籍，"。

　　⑦《大公报》（桂林）本"黑暗里"作"黑夜"。

不管他们是殉道者，科学家，思想家，还是 ① 歌者，

我都能够感到他们的心还是活着，

还在跳动，而且发出很大的响声，

而且使我们的心跟它们 ② 一起跳动，

而且渐渐地长大了一些。

夜已经很深。③ 一切都归于安静。

只有日夜不息地流着的河水在奔腾，在怒鸣。

我于是有了很大的信心。

我说，只有人的劳作能够永存。

我读着的书籍，我的屋子，我的一切用具，

以及我脑子里 ④ 满满地装着的像蜂房里的蜜一样的东西，

都带着我们的祖先们的智慧和劳力的印记。

三月十五日

---

① 《大公报》(桂林) 本无"还是"。

② 《解放日报》本"我们的心跟它们"作"我的心跟着它们"；《大公报》(桂林) 本"我们的心跟它们"作"我的心也跟着它们"。

③ 《大公报》(桂林) 本"。"作"，"。

④ 《解放日报》本"脑子里"作"脑里"。

解释自己 ①

1

清晨。阳光。
河水哗啦哗啦地响。
我走在大路上。
没有行人。
没有奔驰的马。
尘土静静地，没有飞扬。

我忽然想在这露天下
解释我自己，
如同想脱掉我所有的衣服，
露出我赤裸裸的身体。

2

我曾经是一个个人主义者。

---

① 此诗诗文学社本中无，文化生活本中增入，置于《叫喊》与《夜歌（六）》两诗之间。人文本删除此诗。此处录自文化生活本。

世界上有着各种各样的个人主义，
正如人有着各种各样的鼻子。

我不会用一个简单的形容词
来描写我过去的个人主义，
我只能从反面说，
我不能接受浪漫主义，
也不能接受尼采，
也不能接受沙宁。

我喜欢沙宁不耐烦读完
《萨拉图斯察如是说》，
读了几页就把它扔到屋角去，
但当他到乡下去和妇女调情，
喝着麦酒，
伏地作马鸣，
我突然憎恶这个自以为了不起的人。

因为我是一个中国人，
一个可怜的中国人，
我不能堕落到荒淫。

我犯的罪是弱小者容易犯的罪，

我孤独，

我怯懦，

我对人淡漠。

我曾经在晚上躺在床上想，

我会不会消极到这样：

我明知有一个人在隔壁屋子里自杀，

我明知还可以救他，

却由于对人淡漠，

由于懒惰，

由于不想离开暖和的被窝

我竟不管他，继续睡我的觉，

而且睡得很好。

有一个时候我常常想着这个幻想中的事情，

仿佛我真曾经这样做过。

3

把我个人的历史

和中国革命的历史

对照起来，

我的确是非常落后的。

中国第一次大革命的时候，

我才离开私塾到中学去，

革命没有找到我，

我也没有找到革命。

内战的时候，

我完全站在旁边。

一直到西安事变发生，

我还在写着：

"用带血的手所建筑成的乐园

我是不是愿意进去？"

虽说我接着又反问了自己一句：

"而不带血的手又是不是能建筑成任何东西？"

但是，难道从我身上

就看不见中国吗？

难道从我的落后

就看不见中国的落后吗？

难道我个人的历史

不是也证明了旧社会的不合理，

证明了革命的必然吗?

难道我不是
一个活生生的具体的中国人的例子?

4

呵,我的父亲,你为什么那样容易发脾气?
你为什么那样爱惜钱,
因为母亲事先没有得到你的同意,
用几十块钱在县城里买了一些东西,
你就骂她,和她吵架,使她哭泣,
而且撕破了她买回来的布,
摔破了她买回来的镜子?
我知道你有很多很多的钱,
你在柜子里放着很多很多的银子。

呵,我的祖父,你为什么要把我关在私塾里
强迫我读那些古老的书籍?
你这个固执的人,
你竟坚信民国将被推翻,
新的皇帝将要出来,
不久就将要恢复科举!

呵，那难道就是我吗，

那个发育得不好的小孩子？

那个戴着小瓜皮帽，

穿着总是不合身的衣服的？

那个清早起来就跑到箭楼里去

背昨夜读的古文，唐诗，

然后又读一段礼记，写字，做文章，做试帖诗，

一直到静静的阳光的影子爬过城墙去，

一直到黄昏时候才可以歇一口气，

坐在寨门口望着远远的山，

望着天空的蝙蝠飞，

像望着灰色的空虚的老头子的？

5

呵，那难道就是我吗，

那个初中二年级的孩子，

和一些大胆的同学坐木船走九百里的水路，

在阴恶的波涛里，

在船身倾侧，快要翻进水里去的时候，

所有的人都恐惧地躺在舱里，

脸色苍白，停止了呼吸

他却静静地抬起头来

望着那野兽一样怒吼着的河水，

仿佛他那样年幼就已经对于生和死无所选择？

那个十八岁的高中学生，

常常独自跑到黑夜的草地上去坐着，

什么也不想地坐很久很久

仿佛就仅仅为了让那黑暗，那寒冷

来压抑那不可抵抗的寂寞的感觉，

一直到脑子昏眩起来，

俯身到石头上去冰他的头额？

或者在大雨天，

独自跑到江边去

走着，走着，

像一匹疯了的马，

一直到雨淋透了他所有的衣服？

或者在漆黑的晚上，

独自跑到很远很远的堤岸上去，

望着水中的灯塔的一点光亮，

听着潮水单调地打着堤岸响，

然后突然感到了恐怖，

像被什么追逐着似地，

很快地跑回学校，

一直跑到学校旁边的小书店里，

从那耀眼的电灯，

从那玻璃柜里的书籍，

从那打招呼的伙计，

才感到了他还是活着，

才感到了一点活着的欢喜？

6

呵，什么时候我才能够

写出一个庞大的诗篇，

可以给它取个名字叫"中国"？

或者什么时候我才能够

写出一个长长的诗篇，

可以给它取个名字叫"我"？

我的国家呵，

你是这样广大，

这样复杂，

这样阴惨惨，

这样野蛮，

这样萎缩而又这样有力量，

这样麻木而又这样有希望，

这样虐待你的儿女，

而又锤炼着他们，

使他们长得更强壮！

每一个中国人所看见的中国，

每一个中国人的历史，

都证明着这样一个真理：

革命必然地要到来，

而且必然地要胜利！

我谈说着我

并不是因为他是我自己

而是因为他是一个中国人

一个可怜的中国人，

而且我知道他最多，

我能够说得比较动人。

我并不把"我"大写

像基督教大写着"神"。

我只是把他当作一个具体的例子，

一个形象，

通过它

我控诉，

我哭泣，

我诅咒，

我反抗，

我攻击，

我辩护着新的东西，

新的阶级！

7

是的，你们参加革命比我早得多的同志，

或者你们岁数比我小得多的同志，

你们可以笑我的道路太曲折，太特殊。

不用经过统计，

我知道我这样的人并不太多。

但中国这样广大，

这样复杂，

假若我真是太特殊，

那才真是太古怪，不可解释。

说吧，你们继续说下去。

我准备完全同意

你们的结论，

说我到底是怎样一个人！

十二月十九日上午。

革命——向旧世界进军 ①

1 ②

革命——③ 向旧世界进军！

向各个黑暗的角落进军！

向快要崩溃的阶级社会进军！

向绅士和流氓的联合统治进军！

向监狱进军！

向飞着炮弹的阵地进军！

有时为了必要，革命暗暗地在地下进军！ ④

有时为了必要，革命光明磊落地进军！ ⑤

有时革命向后退却一步，

为了向前十步地挺进！ ⑥

---

① 此诗初刊于《解放日报》1941 年 5 月 25 日,诗文学社本未收录,文化生活本增入,置于《夜歌（七）》之后,人文本也收录。此处录自文化生活本,以《解放日报》本、人文本进行汇校。

② 《解放日报》本、人文本"1"均作"一"。

③ 《解放日报》本"——"作","。

④ 《解放日报》本"！"作"；"。

⑤ 《解放日报》本"！"作"；"。

⑥ 《解放日报》本"！"作"。"。

同志们，

现在是什么时候呵？

战争与革命交错的时代！

欧罗巴，你资本主义的老巢，

你现在打得很好！

你现在打得很热闹！

美国，黄金的美国，失业与饥饿的美国，

把你的军舰都开到海上来，

一排一排地放射出你的大炮，①

地球，你旋转得更快些！

更快些让我看见每天早晨的太阳！

更快些让我看见旧世界的死亡！

2②

中国的革命，

---

① 《解放日报》本"，"作"！"；人文本以上三行改为：
在帝国主义者的火并里
革命的火焰将要燃烧起来，
把强盗们烧掉！
② 《解放日报》本、人文本"2"均作"二"。

亚细亚方式的革命，

今天呵我才第一次真正地 ①

感到了它的长期性，残酷性！

今天呵我才第一次深深地 ②

感到了我是一个中国人，③

感到了做一个中国人的艰苦和不幸，

也感到了做一个中国人的勇敢和责任！

一九二七！灿烂的记忆！

轰轰烈烈的记忆！

你呵，你从那记忆里长大起来的同志，

你说着说着，你流出了眼泪。

你记起了你是一个打红领巾的童子军，

你记起了那些活了的街道，

那些群众大会，

那些呼喊，

那些奔跑！

那些游行示威的工人群众！

---

① 《解放日报》本"真正地"作"真真地"。

② 《解放日报》本无"地"。

③ 《解放日报》本此行后原有两行：

感到了我和几千年来的祖先们的关联，

感到了我和四万万五千万的人民的关联，

那些农民暴动！

那些接着来的枪声，屠杀，镇压！　①

革命被包围了。

革命被缴械了②。

多少尸首！

多少血！

多少被毁坏了的优秀的青年男女！

多少监狱！

3③

你呵，你长期从事地下工作的同志，

你还记得你在监狱里的号数，

你还记得要弯下腰去才能看见一小块天空，

你还记得脚镣，手铐，橡皮鞭，

长期的饥饿，长期的失眠。

你还记得狗子们不断地钉梢，

---

① 《解放日报》本此节与上一节连为一节；此处"！"作"，"。

② 《解放日报》本此行无；人文本"缴械了"作"袭击了"。

③ 《解放日报》本、人文本"3"均作"三"。

跟着你上 ① 电车，又跟着你走在人行道，

现在你还保持你在监狱里的习惯，

每天晚上 ② 只能睡三个钟头的觉。

而你，你从农民战争里长大起来的女同志，

你还记得你的哥哥被白色的军队捉住，

被绑在树上活活地烧死。

现在你有时在晚上想起了那个景象，

你发狂似地喊着：③ 你看见你的哥哥来了。④

而你，你全家都参加了革命的老同志，

你一家 ⑤ 十二口人都为革命牺牲了的老同志，

你的儿子们、孙子们死在战场上，

你的母亲，妻子，⑥ 儿媳被反革命杀死 ⑦。

你说起 ⑧ 这些，

你应该哭。⑨

---

① 《解放日报》本"上"作"走上"。

② 《解放日报》本"每天晚上"作"每晚上至多至多"。

③ 《解放日报》本无"："。

④ 人文本删除以上两行。

⑤ 《解放日报》本"一家"作"全家"。

⑥ 《解放日报》本"，"作"和"；人文本此行两"，"均作"、"。

⑦ 《解放日报》本"被反革命杀死"作"被反革命者所杀死"。

⑧ 《解放日报》本此处有"了"。

⑨ 人文本"你应该哭。"作"你并没有哭，"。

　　然而你 ① 带着庄严的微笑。②

　　是什么样的东西在支持着你们呵！

　　是什么样的东西使你们有那样坚强的信心，

　　那样勇敢地继续着那样残酷的斗争，

　　你身上带了十几处枪伤的

　　你只剩下了一只胳臂的，

　　你三年没有吃过热饭，

　　三年没有脱过衣服睡觉的，

　　你在饥饿的时候

　　吃过煮的皮鞋底和野草的，

　　你在长征的时候生下了小孩

　　而又把他抛弃了的，

　　还有你们死于枪弹， ③ 炮弹和飞机的轰炸的， ④

　　你们死于饥饿， ⑤ 寒冷和疾病的，

　　你们死于爬山， ⑥ 渡河和过草地的，

　　你们为了争取中华民族 ⑦ 的解放

---

① 人文本"然而你"作"而是"。

②《解放日报》本此行作"然而你却笑了。"。

③ 人文本"，"作"、"。

④《解放日报》本以下八行为一节。

⑤ 人文本"，"作"、"。

⑥ 人文本"，"作"、"。

⑦《解放日报》本"中华民族"作"中华民国"。

反而背着"危害民国"的罪名^①

被^② 活埋，被枪杀，被拷打而死的，

所有你们以你们的血肉之躯

为革命铺成一条大道的，

你们无数最好的人，

最好的中国人呵！

我听见了斯大林的钢铁的声音：

"共产党人是特种样式的人，

是用特殊的材料制成的！"^③

4^④

今日的中国是什么样的中国！

四分五裂的中国！

血淋淋的中国！

光明与黑暗交错着^⑤ 的中国！

---

① 人文本删除此行。

② 人文本"被"作"而被"。

③《解放日报》本此两行引文为：

"我们共产党人是特种样式的人，

我们是用特殊的材料制成的！"

④《解放日报》本、人文本"4"均作"四"。

⑤《解放日报》本无"着"。

被铁链捆绑着而又快要打破它的中国！

革命的武装活跃在各个地方，

在渤海边，在东北的森林里，在海南岛上，

而延安，革命的心脏，

我白天和晚上都听见它巨大的跳动！

虽说在① 我们的土地上

也有着日本人，

有着汪精卫，

有着乌烟瘴气的重庆！②

虽说在重庆，一天饿死五千人，

而阔人③ 却喝着飞机从香港运来的自来水，

他们的狗吃着一百块钱一顿的大餐，

而且在外交宴会上，

他们高呼着"大英帝国万岁！"④

虽说那些囤积粮食的，

运私货的，

---

① 《解放日报》本无"在"。

② 《解放日报》本"！"作"。"；人文本"！"作"，"。

③ 《解放日报》本、人文本"阔人"均作"阔人们"。

④ 《解放日报》本"'大英帝国万岁！'"作"'大英帝国万岁'。"；人文本"'大英帝国万岁！'"作"'大英帝国万岁'，"。

买外汇的，

不停地压榨人民，

在巴西买甘蔗田，

在瑞士造别墅，

在纽约的银行里存着长长的数字的款子的，

也是中国人，①

他们到底是很少数的人，

快 ② 走进坟墓里去的人呵！

一切腐烂的东西都在死亡！

一切新生的东西都在成长！ ③

腐烂的和新生的 ④

已经清楚地分别开

像黑夜和白天！

全中国的兄弟们，

站到革命方面来！

---

① 《解放日报》本此行与上行连成一行"在纽约的银行里存着长长的数目字的款子的也是中国人"。

② 《解放日报》本"快"作"快要"。

③ 《解放日报》本此行作"一切新的东西，好的东西都在生长！"。

④ 《解放日报》本此行作"反革命和革命"。

5①

革命——② 给我们把幸福带来！

我们活得太苦了，
我们也闷气得太久③。④

让我们自由地呼吸，
让我们用歌唱来代替咒诅和哭泣，
让我们感到这样大的国家真正是我们的，
让我们真正能使用这样肥沃的土地，
让我们有足够的粮食，
让我们有穿不完的布匹！

我们知道自然能够供给我们所有需要的东西，
世界原来是如此美丽，
人与人间也能够建筑起一种亲爱的关系，
我们知道为什么我们现在如此贫乏⑤，

---

① 《解放日报》本、人文本"5"均作"五"。
② 《解放日报》本"——"作","。
③ 《解放日报》本"太久"作"太长久"。
④ 人文本删除以上两行。
⑤ 人文本"贫乏"作"贫苦"。

为什么人与人互相残杀！ ①

我们什么都知道呵！

革命——进军！

我们紧紧地跟着你前进！

一九四一年三月十五日。

---

① 人文本此行作"为什么我们现在还没有和平和幸福！"。

给 T.L. 同志 ①

当我说

像可怜 ② 的洋车夫喊 ③ "打倒电车"，

我真想喊出一句很朴素的口号，

"打倒爱情"， ④

T.L. 同志，

你笑得多厉害呵！

十年是很长很长的。

在这十年中缠绕得我灵魂最苦的

是 ⑤ 爱情，

你也说

在知识分子当中

---

① 此诗与《给 L.I. 同志》《给 G.L. 同志》总题为《叹息三章》载于《解放日报·文艺》第 88 期，
1942 年 2 月 17 日。此诗未收入诗文学社本，增入文化生活本。人文本删除此诗。此处录自文化生活本，
以《解放日报》本进行汇校。

② 《解放日报》本"像可怜"错排为"可像怜"。

③ 《解放日报》本"喊"作"喊着"。

④ 《解放日报》本无"，"。

⑤ 《解放日报》本"是"作"就是"。

无论走到哪里①，
谈论得最响亮的是恋爱。

有了恋爱的人因为恋爱而苦恼。
没有恋爱的人因为没有恋爱而苦恼。
这真使人感到人生是多么可怜，
假如我们不是想到②
另外一个提高人生的名字：③革命。

我提议我们在恋爱这④题目下
来做一首讽刺诗。
你⑤很快地说出了一句：
"让那些以谈恋爱为职业的人
滚蛋吧！"⑥

我想，⑦

---

① 《解放日报》本"哪里"作"那里"。
② 《解放日报》本"想到"作"想到了"。
③ 《解放日报》本"："作"，"。
④ 《解放日报》本"这"作"这个"。
⑤ 《解放日报》本"你"作"我"。
⑥ 《解放日报》本此节下还有一节四行：
你重复地说：
"L.P. 同志真是一个诗人。
L.P. 同志真是一个诗人。"
你又叹息他碰上了没有诗意的恋爱。
⑦ 《解放日报》本"我想，"作"我却在想"。

惟有一个诗人

才能像你那样厉害地笑，

你那样热烈地谈论呵！　①

今天学校发了延长的煤油。

我点上了我的小美孚灯。

虽说没有生炭火，我的窑洞里并不冷。

我们吃完了你买的 ② 红枣，花生。

当你打算走了，

我说，

T.L. 同志，

我们再谈一会儿！

我想起了

你从前的 ③ 那些寂寞的夜晚，寂寞的黄昏，④

当我打算从你屋子里走了，

你总是留我：

　"何其芳同志，

　再谈一会儿！再谈一会儿！"

---

① 《解放日报》本"谈论呵！"作"谈论人呵。"。

② 《解放日报》本"买的"作"买来的"。

③ 《解放日报》本无"的"。

④ 《解放日报》本","作"："。

平常我总是感到你有些怪脾气，

而且喜欢发一点 ① 牢骚。

今晚上我才对你有了兄弟的情怀，

带着同志爱 ②

看你的缺点，

看你的可爱的地方。

---

① 《解放日报》本"一点"作"一点儿"。
② 《解放日报》本"同志爱"作"兄弟爱"。

给 L.I. 同志①

你说

你总是感到生活里缺少一些东西。

我们在黄昏的路上走过来②走过去。

是的，我们缺少糖，

缺少脂肪，

缺少鞋子，

缺少衬衣，

而且我们的生活要求着这些

并不是奢侈。

但是为了革命

很多同志比我们缺少更多的东西，

---

① 此诗与《给 T.L. 同志》《给 G.L. 同志》总题为《叹息三章》载于《解放日报·文艺》第 88 期，1942 年 2 月 17 日。此诗未收入诗文学社本，增入文化生活本。人文本删除此诗。此处录自文化生活本，以《解放日报》本进行汇校。

② 《解放日报》本此处有","。

他们缺少休息，

缺少健康，

缺少睡眠，

甚至于缺少生命的安全。①

是的，你并不是指这些物质的东西。②

昨天我在野外，③

河里的冰已经完全溶解。

水流得那样快活。

空中的鸟也一边飞，一边叫。

大路上走着驮粮食的运输队。④

有的牲口的颈子上挂着一个大铜铃。⑤

它孤独地大声地响，

像在喊着："我发声，我摇动，我存在！⑥"

有的牲口的颈子上挂着一串小铜铃，

---

① 《解放日报》本以上四行原为三行：
他们甚至于缺少休息，
缺少睡眠，
缺少生命的安全。
② 《解放日报》本此行下还有三行，这四行自成一节：
是的，你并不是指着物质的东西。
我们还缺少快乐，
缺少爱情，
缺少生活里的美满。
③ 《解放日报》本"，"作"。"。
④ 《解放日报》本"。"作"："。
⑤ 《解放日报》本"。"作"，"。
⑥ 《解放日报》本"我发声，我摇动，我存在！"作"我摇动，我发声，我存在！"。

它们和谐地清脆地响，

像在争着嚷："看我们这群小东西是多么愉快！"

搬家的老百姓

在毛驴上绑着铁锅和被窝卷，

在他们[①]后面跟着两匹绵羊。

一切都在活动。

一切都在生长，

我却一个人在河边的石头上坐了一阵。

我也感到我似乎缺少一些什么。

今天你把这句话对我说了出来，

我只有把我对我自己说过的话再说一遍：

"缺少一些东西又算得什么呢，[②]

为了革命

我们不是常常说着牺牲？"

我们在黄昏的路上走过来，走过去。

希望你接受我这一点很朴素的意思。[③]

---

① 《解放日报》本无"在他们"。

② 《解放日报》本"，"作"。"。

③ 《解放日报》本此行原为两行：

我希望你接受我能够贡献给你的

这一点儿很朴素的意思。

给 G.L. 同志 ①

我们睡在一个床上。

我感到我像回到了木板书里的古人的生活：

到远远的地方去拜访一个朋友，

而晚上就和他睡在一个床上。

已经吹灭了灯。

又没有月亮。

这是一个漆黑的 ② 农村的夜晚。

今天我在懒洋洋的天气里

爬了一座 ③ 高山，走了二十里路。

你说你昨晚没有睡好，也有些疲倦。

但我们还是谈着，谈着，

谈了很多的话。

---

① 此诗与《给 T.L. 同志》《给 L.I. 同志》总题为《叹息三章》载于《解放日报·文艺》第 88 期，
1942 年 2 月 17 日。此诗未收入诗文学社本，增入文化生活本。人文本删除此诗。此处录自文化生活本，
以《解放日报》本进行汇校。

② 《解放日报》本原有"安静的"。

③ 《解放日报》本无"一座"。

你说一切都好，

只是有时在工作的空隙中，

在不想做事情的时候，

有些感到空虚。

我说，

在这样的时候

你就用任何东西去填满它吧，

到老百姓家里去和他们谈问题，

打开书，

或者找一个同志去散步。①

你说② 你们在乡下是那样缺乏娱乐和游戏，

有时 ③ 用石头来当作铁球投掷。④

我似乎看见了你们在田野间，

在夕阳下，

---

① 《解放日报》本此行原为两行：
找一个同志下棋
或者去散步。
② 《解放日报》本无"你说"。
③ 《解放日报》本"有时"前有"你说你们"。
④ 《解放日报》本"。"作"，"。

寂寞的挥手的姿势。①

这些日子我又很容易感动。

世界上本来有② 很多平凡的然而动人的事。③

我感到我们有这样多的好同志，

这样多的寂寞地工作着的同志，

就是为了这我也想流一会儿眼泪。

三月二十六日 ④

①《解放日报》本以上三行原为：
我仿佛看见了在田野间，
在夕阳下，
你们的寂寞的挥手的姿势。
②《解放日报》本"有"作"就有"。
③《解放日报》本以上两行为一节。
④《解放日报》本署作"一九四一年三月十六日"。

让我们的呼喊更尖锐一些 ①

1②

大火，太大的火，

毁灭着③ 人类的火，

在半个地球上

升得更高了。

拉起警报来！

让我们的呼喊

像飞驶过街道和广场的救火车，

让我们的呼喊更尖锐一些！

起来！起来！

所有并不梦想逃避到火星上去的人！

---

① 此诗未收入诗文学社本，增入文化生活本，又收入人文本。此处录自文化生活本，以人文本进行汇校。

② 人文本"1"作"一"。

③ 人文本"毁灭着"作"企图毁灭"。

今天我们是自己的民族的子孙，

也是全世界的公民，

今天轮到我们来为历史的正常前进而战斗了，

我们要以血去连接先驱者的血，

以战争去扑灭战争！

2①

苏联的公民，

模范的世界公民，

你们已经动员起来了。

飞行员，炮手，坦克和潜水艇的驾驶者，

红色的步兵，红色的哥萨克骑兵，

你们在从天空，从陆地，从水上，从水下，

从一切敌人进攻的地方打击敌人。

无数的城市。无数的跳动的心。

工厂，② 作坊，③ 机关在喧嚣着，举行集会。

基耶辅：多么动人的场面呵，

---

① 人文本"2"作"二"。

② 人文本"，"作"、"。

③ 人文本"，"作"、"。

人民和军队自发地走在一起，举行联合的游行示威，

学生，儿童，主妇，铁路上的职员，工人，

爬到车辆上去和炮手们拥抱，接吻。

更加活跃起来！更加顽强地斗争！

你最先开花的黑土，

你最先实现了人类的梦想的人民！

你们有着人类最响亮的名字，列宁，史大林①，

它们响着就像真理和信心！

没有人能够抢走你们的乌克兰，

没有人能够攻下你们的莫斯科，

没有人能够用枪支把地主，②资本家重新抬上宝座！

3③

但是你，欧罗巴，

难道你就屈膝于暴力之下？

难道你就沉默地看着你的人民

被法西斯军队拉去作建筑战车行驶的道路的机器，

作代替他们耕种土地的牛马？

---

① 人文本"史大林"作"斯大林"。

② 人文本"，"作"、"。

③ 人文本"3"作"三"。

欧罗巴的人民，

起来！起来！

首先恢复十四个独立的国家！

历史的列车正在开行，

没有人能使它停顿，

没有人能把它向后拉！

无论用怎样的军队，怎样的野心

都不能！不能！

再也不能有黑暗的中世纪！

再也不能有全欧罗巴的人民都变成奴隶

去侍候几个主人！

你们的饥饿，

你们的低声的耳语，

你们的地下组织和活动，

将要扩大起来，汇合起来，

成为一场扑灭大火的暴风雨！

雷呵，更响一些！

闪电呵，更亮一些！

罢工！暴动！从各个角落发动战争！

拿起一切可能拿到的武器打呵，

打这个放火者，

打这个二十世纪的尼龙，二十世纪的暴君！

4^①

德意志的兵士，

你们已经有了太多太多的战争。

你们说兵士总是兵士，

但我说人总是人。

你们说你们没有思想，没有得到解释，

多么可羞的话呵，

经过了八年的纳粹统治，

你们有了集中营和降落伞部队，

然而却没有了思想了！

5^②

至于你，希特勒，

你这个笨拙的演剧家，

你再像被谁打掉了一颗牙齿一样地

扮着鬼脸对兵士们喊

---

① 人文本"4"作"四"。
② 人文本"5"作"五"。

"愿上帝援助我们"吧！

是的，只有上帝援助你了！

还有你，墨索里尼，

你这个老打败仗的将军，

你这个尾巴！

所有你们这些强盗，

虽说你们能够制造战争，

在今天的历史上你们并不重要。

走开吧！从地球上走开吧！从我的诗里走开吧！

已经没有多少日子让你们炫耀！

6①

我总是沉痛地记起我是一个中国人。

我总是愤愤不平地记起我是一个中国人。

我们在历史的道路上大大地睡了一觉②。

有很长一段时间我们没有什么可以夸耀③。

---

① 人文本"6"作"六"。

② 人文本此行作"我们的祖先好像在历史的道路上睡了一觉"。

③ 人文本此行作"有一段时间我们没有很多东西可以夸耀"。

我们不愿回到 ① 先秦去找思想家，

我们不愿回到 ② 唐代去找制度文物的繁华

我们也不愿今天来 ③ 提起屈原杜甫的讴歌，

我们知道有无数无名的中国人

忍受得更多，也劳作得更多！

从海盗们的军舰驶进了我们的海港和扬子江，

那隆隆的炮声呵，终于把我们惊醒！

我们终于站了起来，走我们的祖先耽搁了的路，

不习惯地走，摸索着走，摔着跤走，

终于走到了今天！

今天我们的担子并不小，

但我们担负得很好！

我们知道这四年的战争日子是怎样过出来的！

我们是怎样勇敢地活着，怎样勇敢地去死！

打下去！再打下去！

让我们的呼喊像驶过街道和广场的救火车，

让我们的呼喊更大声一些！

让我们和苏联的公民们一样

---

① 人文本"回到"作"只是回到"。

② 人文本"回到"作"只是回到"。

③ 人文本"今天来"作"只是"。

屏息地听着冲锋的号令：

"向我们的胜利前进！"

　　　　　　七月十二日于苏德战争爆发之后。

《北中国在燃烧》断片（一）①

1.② 岚县城

听呵，我们的土地在怒鸣！

我们的土地在颤抖着，而且发出吼声，

如同受着一阵沉重的打击，

一面大鼓发出它的号召，

号召我们去迎接战争。

今天，来到这里一个礼拜后，

我们③第一次听见了战争的声音。

今天，当我们和司令员正用着早餐，

吃着青色的菠菜，

军号像受了惊似地叫了起来。

而现在，司令员正站在城墙上，

---

① 此诗一部分曾以《过同蒲路——〈北中国在燃烧〉第二部分〈进军〉的第一片段》为题载于《中国文化》1940年第1卷第5期，第52—53页。诗文学社本未收入此诗。文化生活本增入此诗，与《〈北中国在燃烧〉断片（二）》为此本的最后两首诗。人文本收入此诗。此处录自文化生活本，以《中国文化》本、人文本进行汇校。

② 人文本"1."作"一"。

③ 人文本"我们"作"我"。

叫他的特务员①找一个隐身的地方，

准备用照相匣子给日本飞机照相。

但天空里一直没有它们的影子出现：

"他妈的，日本飞机瞎了眼睛，

找错了岚县城！"

街上恢复了寂静。

街上是空空的而且寂静。

在这冬天，

在这出产着油麦和山药蛋的西北高原，

没有风，没有雪的日子似乎更加寒冷，

一滴水落到地上马上就结成了冰。

但我却感到温暖，政治部的同志。

从你的叙述我看见了

你们未来以前

古老的山西的无力和风瘫，

而且当新的血液流动在它的脉搏间，

八路军的兵士在前线夺回了许多县城，

你们到乡村里去，

说服了，遣散了遍地的溃兵，

它开始回复到健康和年轻。

---

① 人文本"特务员"作"警卫员"。

而你，动员委员会的同志，

我在听着你讲这里 ① 的风习。你讲下去。

你说农民们不喜欢洗脸

而且信奉着白龙爷， ②

六七月间去进香还愿。

进香人牵一条羊跪在神像前，

用山上的井水灌进它的耳朵里面：

它摇动了头便是神已接受，

它不摇头便得还跪下去，

而且祈求："白龙爷，你嫌我的羊瘦？"

被神接受后的羊的角上

用烧红的铁筷子烙一个记号，

然后被庙主牵去换成钞票…③

我并没有笑。

我一直听到你说你们要劝那庙主

用那两千多块 ④ 来办农民合作社。

我记起了昨天那个工人代表大会，

那些石匠，木匠，泥水匠 ⑤

---

① 人文本"这里"作"这里过去"。

② 人文本以上两行删改为一行"你说农民们信奉着白龙爷，"。

③ 人文本"…"作"……"。

④ 人文本"两千多块"作"卖羊的钱"。

⑤ 人文本此行两处"，"均作"、"。

是怎样谈说着，要求着光明和智慧。①

但是，你这个披老羊皮的老乡，

你这个小酒馆的掌柜，

刚才放警报时你躲在什么地方？

　"我躲在桌子下面：我用毡子蒙住头…

日本鬼子一定炸了普明…"

　"真是炸了南边三十里后的普明，"

我们的房主人，一个老先生，

晚上走进我们的屋里来告诉我们。

他叹息着日本人的残忍。

他叹息着高射炮还不能使他满意：

　"最好发明这样一种东西，

就像用夹子去夹一个虫子。"

他的手指在空气中比着姿势，

而在我们的炕的墙壁上

画着一幅一幅的彩色的封神榜，

西岐城正在被罗宣手里的

小瓶里放出的烈火燃烧…②

---

① 人文本"。"作"……"。

② 人文本删除以上一节十七行。

2.^① 轰炸

停住！不要跑！

我已经停住。我已经找着了一个洞
来躲避已经来到头上的风暴。
当马达的轰鸣像遮蔽了天空的浓云，
当狂乱的脚步响在街上像雨点，
我带上了门，我按上了锁，
我沿着屋檐边
跑到城墙脚下的防空洞里面。

不要挤，炸弹已经落下了地。
我们的洞随着颤抖，
我们的心随着沉落了下去而又浮起。

不要出去！可不是该死的日本飞机
飞走了一会儿又飞回来炸第二次。
轰炸声离我们更近了。
一面黑色的网落在我们的身旁，

我们被惊于它的沉重的影子。

"一定炸了街头的福音堂或者鼓楼！"

"天呀，我们的司号员在鼓楼上！"

但经过了一阵长长的静寂的时间，

军号像一只鸟一样快活地叫了起来。

我走到洞外。我拾着了一块破片。

我抚摸它。我想着苏格拉底的头脑

也不能抵御这一小片铁或者一粒子弹。

我随着人群流到街上，

像从刚靠了岸的汽船

或者刚进了车站的火车

走下来，因为踏上了平稳的土地

反而感到昏眩。

我走进我的屋子。

窗子上的玻璃破碎了，掉在书桌上，

而那些新盛上泥土的餐具

唤醒了我对于时间的记忆：

又是早晨。又是正用着早餐。

我从倒塌的墙上走进那座小教堂。

平铺在院子里的巨大的挪威国旗

并不能使它的屋子不变成

一堆断折的木料和瓦砾。

你这个穿黑衣的外国老太太，

你对日本人有什么感想？

　"兵总是为害的…"

算了吧，不要用你破碎的中国话

宣传你破碎的宗教的道理。①

我看见了一个尸体。

它伏卧着

像一些破布、棉花和血的堆积。

但是它还在动着，

它还在用两个手肘撑着地，

仿佛想用那两只完全断了的腿站起。

一个白发的老人在哭他的母亲。

她太年老了。她又害着病。她没有逃避。

而现在她完全被倒塌的墙埋葬了，

外面只剩下一片衣衫，一片血迹。

供给部的一匹毛驴

像被谁挖去了它的脏腑。

---

① 人文本删除以上一节九行。

在远远的另一条街上
它的一只蹄子仰翻着，
铁掌上发出惨淡的青色的光。

一只乌鸦死在屋檐下。

停止！停止我们的巡行！
在前面，我们年轻的司号员来了，
让我们向他致敬。
当炸弹落在鼓楼旁边的教堂内，
当他和死亡那样邻近，
他没有想到离开他的职位^①。
而且在那边，那个政治部的小勤务员
刚才抓住了一个站在城墙上
用白手巾打信号的汉奸。
和他走在一起的
那个老百姓家里的小孩子
也没有让另一个坏蛋逃走，
虽说当他被追急了的时候
他扔了一个没有爆炸的手榴弹。

---

① 人文本"职位"作"岗位"。

3.① 进军

夕阳的黄色淡了下去。

山沟里浮起了夜的影子。

沿着没有泥土和草木的发渴的岩石，

临时军用电话线牵过去，而且蜿蜒着

我们长长的单行的队伍。

我们脚步跟着脚步，马跟着马，

如同爬行着的蛇的肚腹

望不见自己的头，也望不见尾巴。

我们已经行军几天②。通过了平原和高山，

通过了寒冷、饥渴和疲倦，

我们用脚量着祖国的土地：③

即使是寂寞的土地，荒芜的土地，

到底是我们自己的土地呵！我们爱它！

我们要在它上面建立新的伊甸，

使沙漠变为绿野，乡村变为城市，

白天响着摩托的鼓翅声，

---

① 人文本"3."作"三"。

② 《中国文化》本"几天"作"四天"。

③ 《中国文化》本"："作"——"。

晚上在有繁星的天空下亮着电灯…①

是的，你们经过长征的同志，

这要经过很长很长的斗争，

更长于你们走过了的二万五千里。

然而我们要走下去，走下去，走下去，②

如我们③开玩笑的时候所说的，

"天下不好走的路都归我们来走。"

而你们不久以前才告别了锄头的

新战士，你们也一定了解

建筑黄金的未来的第一块基石

是把日本帝国主义打出去，

而且在今天，

每个中国人都应该分担一份苦难…④

混合着我的纷乱的思绪，

混合着我的记忆，雪在飘落。⑤

雪在无边无际地而又争着抢着地⑥

---

① 《中国文化》本"…"作"………"；人文本"…"作"……"。

② 人文本删除此行最后一个"走下去,"。

③ 《中国文化》本"我们"作"你们"。

④ 《中国文化》本"…"作"………"；人文本"…"作"……"。

⑤ 人文本以上两行修改为一行"混合着我的纷乱的思绪，雪在飘落。"。

⑥ 《中国文化》本此行原为两行：

雪在无边无际地

而又争着抢着地

飘落，没有一点声息。

这是我们① 进军的第一天。

当出发的命令把我叫起来，

点着灯用了早餐，收拾了行李，

我到城外的集合场上去②：

剧团和警卫营在互相欢迎着唱歌，

如同欢迎着早晨；

马伸着颈子，迎风长鸣，

如同欢喜它们的蹄子

将跑过无数的田野和树林。

当长长的队伍开始流动，

它本身就是一个吸引我的力量，

拉着我快活地而又兴奋地

跟着它，穿过无边无际的雪，

穿过辽阔的原野，

而且听着爬过雪山的人谈说雪山，

来自绥远的人谈说绥远，

我仿佛看见了那没有人迹的高山，

狂风和它带着的万年雪

是怎样扑打他们的脸，

而且爬上了山顶，身体虚弱的同志

---

① 人文本"我们"作"我记忆里的"。
② 《中国文化》本此行作"我牵着马到集合场去"。

是怎样颤抖着，颤抖着，突然倒下死去，

又仿佛看见了那塞外的冬季，

大地龟裂，葡萄结冰，

旋雪飞舞时行人睁不开眼睛…①

第二天，我们继续前进：

一夜的风带走了原野上的积雪，

带走得那样干净，

只有被自行车的轮子

和人的脚步压紧了的地方

留下白色的轨迹，白色的足印；

太阳发射着炫目的光辉

像一团金色的蜜蜂在嗡嗡飞鸣；

而在它们对面，衬着远远的黄土山，

天空是那样地蓝…②

但现在没有雪，也没有太阳，

月亮如金色的号角悬挂在天上。

我们走过了岩边，又走到平地，

在月光照着的平地上跑着，

在有阴影遮蔽的洼地里休息。

再一气跑十里，二十里。

---

① 《中国文化》本 "…" 作 "………"；人文本 "…" 作 "……"。

② 《中国文化》本 "…" 作 "………"；人文本 "…" 作 "……"。

我们严格地遵守着夜行军的纪律，

不说话，不咳嗽，不抽烟，

而且注意着侦察连①预先插在岔路上的

小白旗，小黑旗，防止走错路。

"向后传，②不要掉队！"

"向后传，③不要掉队！"

命令从前面传来，每个人回转头

用同样的低声传到后面，

如同经过一个④金属的传声器，

声音颤抖着而且很快地传⑤过去。

在几里路以外，和我们平行地流着的，

左边是我们的⑥一个团，右边是一个支队。

我们⑦中央梯队的大部分非战斗人员，

医务所的驮子上带着药品，

剧团的驮子上带着道具，

和带着步枪和手榴弹的战士们

一同去通过封锁线。

我们疾行着，穿过一条宽阔的

①《中国文化》本、人文本"侦察连"均作"侦查连"。

②《中国文化》本","作"："。

③《中国文化》本","作"："。

④《中国文化》本"一个"作"一个长长的"。

⑤《中国文化》本"传"作"流"。

⑥《中国文化》本无"我们的"。

⑦《中国文化》本"我们"作"而我们"。

两旁种着稀疏的树的汽车路，

又跨过同蒲路的窄轨，

如同夜风吹过枯草，

和着远远的村子里的狗叫，

敌人在用大炮驱逐

黑夜带给他们的恐惧。

我们放哨的战士坐在铁轨上，

要等整个队伍过完后才撤退。

下半夜了。号角似的月亮已经落下。

北斗星更明亮地翘着它的尾巴。

寒冷刺痛着我的鼻子，我的脸，

而且一夜没有得床铺的 ① 睡眠

使我时而合上眼，又时而惊醒。

然而我们继续前进，

一直到朝阳把黄色的光

投射到 ② 原野上，而且照见了

我们羊皮大氅的翻领上结满了白霜。③

---

① 《中国文化》本无"的"。

② 《中国文化》本"到"作"在"。

③ 《中国文化》本此行原作两行：

我们穿着的羊皮大衣的翻领上

结满了白霜。

4.① 滹沱河

滹沱河在大声地歌唱，

而且流向辽远的地方。

它歌唱着奔向自由的力量不可阻挡。

它歌唱着和古老的时间一起

流了无数年，它仍然年轻而且强壮。

它歌唱着农民们的汗水和嗟叹。

它歌唱着封建的黑暗已经裂开，

希望从里面愤怒地生长，

如同在它的两岸

树木生长着，受着它的灌溉。

我们翻过了太多太多的高山。

拉着马尾巴向上爬的小鬼们

把上坡路拉得像松紧带。

下坡路像一阵呼喊。

而且我们穿过了太多太多的村子，

男的女的快活地拥挤在街边，

---

① 人文本"4."作"四"。

用他们拥挤着看娶新妇的行列

走过时那种寂寞的喜悦，①

指着我们俘虏来的高大的日本马，

笑着它们背上的麻做的伪装。

小孩子们因为从人丛中

露不出眼睛，预先爬上了屋顶。

而且我们喝了他们放在路旁的开水，

看见了他们随着口号

高举起来欢迎我们的手臂。

而且②我们今天停下来休息，

在这河边，在这被烧过的村子里

（滹沱河呵，你也是当时的见证！）③

失去了屋顶的黑色的墙壁

说着当时的火焰是怎样

吞卷了一些农民的家和粮食④

而且一个没有逃走的疯子是怎样

在街上被杀死。是的。我能够想象

当敌人用枪描准⑤着他的身体，

---

① 人文本删除以上两行。
② 人文本删除"而且"。
③ 人文本删除"！"，反括号外有"。"。
④ 人文本此处有"，"。
⑤ 人文本"描准"作"瞄准"。

他还是笑着，说着疯人的话语，

以为他们在和他嬉戏。

我走进灰烬旁边的区农会。

一个自耕农现在成了武装干事，

他对我说着一些数目字，

说这一区有多少乡农会，村农会

会员，游击小组和新开垦的荒地，

像说着他家里有多少儿女。

而且他说得像一个政治家，

当屋里的人们在随便讲话：

"你们不要讲话。我在谈问题。"

最后他介绍他们的主任：

"他是一个无产阶级。"

听他自己说吧。他说得多么高兴。

从前他是一个雇农，

现在，当抗日的军队需要粮草，

他常常一夜不睡觉去动员。

赶毛驴出身的组织干事

也抢着说他对于工作的热心，

说他离家时这样嘱咐孩子们：

"你们有好吃好，有歹吃歹，

我忙我的工作。工作要紧。"

向他们说了再见，我走了出来。

我在思索着人的觉醒，人的改变。
我在思索着有多少和他们同样的农民
经过了实际斗争的锻炼，开始认识了
他们自己的存在的重要和世界。

一九四〇年春天。

《北中国在燃烧》断片（二）①

1.② 黎明之前

迎接着我从梦中醒来的

是一阵有力的雄鸡的合唱。

天还没有亮。

我梦见在一个盛大的宴会上，

在灯光照不到的暗淡的角落里，

一个穿黑衣服的女子突然站了起来，

用嘶哑的像刚哭了过后的声音说：

"我们从哪里来，③ 到哪里去？"

为什么在这样的晚上我还做这样的梦？

---

① 此诗第一章以《黎明之前》为题载于《草叶》1942 年第 4 期；又载于《文学集林》（福建南平）1944 年第二辑，第 36—38 页；又以《黎明以前》为题载于《春秋》（上海 1943）1944 年第 2 卷第 1 期，第 120—121 页；第二章以《寂静的国土》为题载于《谷雨》第 5 期，1942 年 6 月 15 日；第三章以《一个造反的故事》为题载于《解放日报》1942 年 7 月 4 日；第四章以《都市——〈北中国在燃烧〉之一节》为题刊载于《青年文艺》（桂林）1944 年第 3 期，第 20—21 页。此诗未收入诗文学社本，收入文化生活本、人文本。此处录自文化生活本，以《春秋》本（《文学集林》本与此相同）、《解放日报》本、《青年文艺》本、人文本进行汇校。

② 人文本"1."作"一"。

③《春秋》本","作"？"。

为什么我的梦比我的白天还要沉重？

难道这正是我要回答的问题？

呵，这已经不是！

古书上说，人生于尘土，人死复归于尘土。

人从虚无到虚无。①

在这中间，印度王子只看见了痛苦，

而托尔斯泰，那个俄罗斯的大地主②，

说人像悬在一根快断的树枝上，

下面是毒龙，而人还舔着那③叶子上的蜂蜜。

我舔着的甚至并不是蜜，而是很苦的东西，

但我仍然如此贪婪，如此固执，

如此紧紧地抓住我的每一个日子。

我的感官，我的肢体向我证明，

我周围的一切存在向我证明，

生命并不是虚伪。

一颗流星划过天空的光也并不是白费。④

我们承认自然的限制。

在限制里最高地完成了自己，

---

① 人文本删除此行。
② 人文本"大地主"作"贵族"。
③《春秋》本无"那"。
④ 人文本删除此行。

人就证明了他的价值和智慧。

惟^① 有自己是人而否定着人，

自己活着而反复地说活着没有意义，

才是最大的罪过，最大的愚昧。

我曾经是一个迷失的人。

像打破了船的乘客抓住^② 木板，

我那样认真地委身于梦想和爱情。

但梦想和玻璃一样容易碰碎^③。^④

爱情也不能填补人间的缺陷。^⑤

我的灵魂是燃烧在莽原上的小小的火，

仿佛它是那样容易熄灭。

一直到我发现了而且喊叫了出来：

"不对！这个人类生活着的社会完全不对！"

我才突然有力量向全世界张开了我的手臂。

我说，迎接我呵，

你这个古老的世界！^⑥

我是你的迷失的儿子，

---

① 《春秋》本"惟"作"唯"。

② 《春秋》本"抓住"作"抱住"。

③ 人文本"碰碎"作"破碎"。

④ 《春秋》本"。"作"，"。

⑤ 《春秋》本"。"作"，"；此行后另有一行"我窥见了人的弱点，我哭了。"

⑥ 《春秋》本此行原作"你这个无边的阔大的世界！"。

我是你的失去了而又重新获得的儿子，

给我双倍的爱抚！双倍的教育！

让我把我的头伏在你的胸怀里，①

让我把②我的双手紧紧地搂住你的颈子，

然后很快地揩去我的眼泪，我的记忆，

抬起头来分担你的痛苦！

但我的声音是如此弱小，

似乎谁也没有听到。

对于全世界一个人是非常不重要。

而且比人的声音响得更高的，③是军号和大炮。

呵，那是战争！

那是最大的也是接近最后一次的人类的内战④

正在进行！我必须参加进去！

我知道我是属于哪一方面的。

我听见了我的伙伴们的呼喊。

我必须赶快去呵，

我已经快过完了我的和平的最后一晚！⑤

---

① 《春秋》本无此行。

② 《春秋》本"把"作"用"。

③ 人文本删除"，"。

④ 人文本"人类的内战"作"战争"。

⑤ 《春秋》本无此节十一行。

当我有远行的时候前一晚上我总是睡不好。

我总是醒得太早。我总是等待着天明 ①

像等待着汽船的或者火车的汽笛的鸣叫。

黎明呵，快些到来！

我将马上动身，

马上离开我的家，我的亲人！

我的母亲，

你是不是奇怪我为什么永远这样奔波，②

永远 ③ 不能给自己造一个温暖的窝？

昨晚上我向你告别的时候

你哭了。

难道我是一个疯狂的人，④

当我处在可悲的境况中

我还说"你为什么哭——

---

① 《春秋》本以上两行作四行：
当我有远行的时候前一晚上，
我总是睡不好，
我总醒得太早，
我总是等待着天明，
② 《春秋》本"，"作"？"。
③ 《春秋》本"永远"作"为什么永远"。
④ 《春秋》本"，"作"？"。

你应该笑！"①
难道我打算担负的将是我所不能担负的？
难道在你的眼中我还很幼小？

泪呵②，那从心里涌出来的泪，
那由于爱的泪，那为了他人的泪，
是沙漠中突然开放的一朵朵的花呵，③
那是将结出果实来的！④

让我走吧！
让我背负我所有的沉重的悲伤和忧虑，
也让我⑤背负着一个人的温柔的眼泪，
踏上⑥我前面的道路，
那长长的道路，那艰苦的道路，
那不知道有些什么在等待我的道路！
那只有用我的脚去一步一步地走的道路！

---

①《春秋》本以上三行作：
当我处在可悲的境况中我还说：
"你为什么哭——
你应该笑！"
②《春秋》本"泪呵"作"流呵"。
③《春秋》本"，"作"！"。
④《春秋》本此节四行与上一节连成一节。
⑤《春秋》本无"让我"。
⑥《春秋》本"踏上"作"去踏上"。

我是命中注定了没有安宁的人，①

我是命中注定了来唱旧世界的挽歌②

并且来赞颂新世界的诞生的人，③

和着旧世界一起，我将埋葬我自己，④

而又快乐地去经历

我的再一次的痛苦的投生。

一九四二年一月五日。

2.⑤ 寂静的国土

奇异的寂静。中国画里的寂静。

新生出来的婴儿一样的早晨

也不能给这国土注入新的生命。

阳光，飞着的鸟雀的翅膀，

从屋顶上升的晨餐的炊烟，

都不打扰它的古老的睡眠。

在树林中露出粉墙的庙宇呵，

把你亭子上的钟声传递过来！

---

① 《春秋》本"，"作"。"。
② 《春秋》本此处有"，"。
③ 《春秋》本"，"作"。"。
④ 《春秋》本"，"作"。"。
⑤ 人文本"2."作"二"。

我像走入了时间里的过去。

我像重又是一个小孩子。

在这附近我曾经和那些农民的儿子

放牛的，放羊的，或者割猪草的，

一起作过许多寂寞的游戏。

我们曾经搬起溪水里的石头捉螃蟹，

钻进有刺的矮林中摘红色的莓子，

在土地庙的墙壁上取下泥蜂的土巢，

而又把土地菩萨的手臂敲断。

这一切都似乎没有什么改变：

溪边仍然开着蓝色的扁竹花，

桥下的流水也没有喑哑，

还有树林呵，你并没有长得更高更大。

但我已经失去了我的小伴侣。

他们已经成了农夫。继续他们的父母

他们又一年四季在田里受苦。

就在那山坡上，他们在默默地

弯着腰，汗流满面地割着谷子。

这是吝啬的多山的土地。

天空也常常吝啬着雨。

而且是怎么啦？怎么收割的人这样少？

从前的那种收获季节的热闹哪里去了？

那一排一排的人在田里竞赛着割；

高高的谷子倒下；镰刀嗖嗖地响；

蚱蜢跳着，飞着，展开了

它们的红色的扇子形的翅膀；

打谷场上石磙转动着；有时一声牛叫；

场子的周围堆着小山一样的稻草；

到了晚上，人们就睡在露天下；

有时还有借来的牛皮灯影戏静静地开演…①

现在是怎么啦？怎么这样静悄悄地？

是什么时候他们完全丧失了他们的歌的？

呵，路旁的茅草屋，你掩盖着一个悲伤的故事！

在你的屋檐下曾经坐着那个年轻的鞋匠，

那个曾经为我们孩子们所爱戴的。

我们常常在阳光下围着他，望着他

一边用两根猪毛针很快地上着鞋底，

一边不断地给我们讲会土遁的土行孙，

会飞檐走壁的大强盗毛钻子。

他的母亲也很和气，从来不讨厌我们。

谁知道是为什么呵，后来有人说他私通土匪，

那些真正抢劫人的县城的官

---

① 人文本"…"作"……"。

把他捉了去，而且最后把他枪毙。

而这失去了她的独儿的母亲逢人便哭喊着：

"我的儿子是不会抢人，杀人的！"

一个夜晚她投入了屋侧的池塘里。

这事变是那样深地刺进了我幼年的心：

我那时一个人走过这池塘，也不怕这个跳水鬼。

我知道她是不会取我去作替胎的。

从此这茅屋 ① 又住着另一家人；

平静的乡下吞没了这个悲伤的故事

正如吞没了一个人依然平静如故的塘水。

路从山上伸展下来

又爬上一座高山。

为着行人的休息，山顶有几家小店。

你还是在这里呵，你这个小铁匠铺！

风箱还是呼呼地响。炉火冒着红光。

锤打的声音和火花飞满一屋子。

你满脸煤烟的铁匠，你已经老了，

你记不记得我从前常常好奇地站在这门外，

看你有力的手臂怎样用钳子和铁锤

把坚硬的铁变成锄头，② 镰刀或者剪刀？

---

① 人文本"茅屋"作"茅草屋"。
② 人文本"，"作"、"。

你这样锤打着锤打着，过了多少日子！

还有隔壁的小饭铺，你①也还是原来的模样。

桌子旁边坐着客人。锅铲和铁锅敲打着响。

我的远房的婶母，你还认识我，你招呼我进去坐。②

你已经满头白发了，你还是为过路的客人

亲自上灶去热饭，去煎豆腐，

自从你的丈夫因为打官司卖掉了他的土地

而且接着死去，你就在这里

开一个小饭铺来养活你自己。

你竟顽强地支持到现在，你这个好强的人！

但今天我不能在这里休息，我要赶我的路程。

这就是我曾经在它上面生长起来的国土。

这就是我曾经一起呼吸的人民。

他们的潜藏的力量只够贫穷的生活的消耗。

他们的灵魂里的黑色的悲苦不被人知道。

他们生前没有希望，

死后也没有幻想的天堂。

他们只知道有一个等待他们的阴间。③

---

① 人文本删除"你"。

② 人文本此行至本节末的八行删改为两行：

系着围裙的饭铺主人，你还认识我，你招呼我坐。

但今天我不能在这里休息，我要赶我的路程。

③ 人文本删除此行至本节末的九行。

那里有难于走过的汹涌着黑浪的奈何桥。

那里有可以渺茫地再看见一次家乡的望乡台。

那里有油锅，血池和刀山

在阳世用水过多的人到那里去

要把生前所有用过的脏水喝干。

他们只想死后少受一些苦刑，

他们只想重新投胎的时候

不变猪，不变狗，仍然变一个人。

我就是从他们中间走了出来。

对于他们我是负债的。

我的父亲不种田而我有粮食吃。

我的母亲不织布而我穿着衣。

虽说我的祖父的祖父是一个自耕农，

我的祖父的祖母也常常下田耕种，

谱书上说①，在六月的大太阳天，因为没有草帽，

她常常披一床破席子到田里去锄草，

我的父亲已经完全没有了农民的辛勤

而仅仅有着地主的贪婪和悭吝。

他的箱子里放着许多锭银子；

每年除夕他把它们取出来，摆在桌子上；

---

① 人文本"谱书上说"作"人们说"。

他从蜡烛光中望着它们，发出微笑。

如果不得他的同意，我的母亲到县城里去

为孩子们买了几尺布或者一双鞋子，

他就要把它们撕破而且和她大吵一次。

我就是从这样的小天地里走了出来，

走到了无边的阔大的世界。

我走进了人类的文化的树林里。

我发现了许多秘密。

我才知道人可能过着另外的生活，

而且这可能就依靠他自己。

但什么时候才有那样的日子？

那发光 ① 的日子？那甜蜜的歌一样的日子？

呵，我的邻居，我的亲人，我的一切受苦难的兄弟！

我走向前去。我去迎接。我去找寻。

那样的日子是一定会到来呵，

随着无数人的不幸所汇合成的

巨大的风暴，巨大的雷霆。

一月二十日。

---

① 人文本"发光"作"发着光"。

3.① 一个造反的故事

我的心里郁结着的东西是这样多，

它们拥挤着，争抢着，要变成歌。

我自以为对于乡土我很淡漠，

但当我离开了它，许多熟悉的面貌，

许多悲苦，许多风俗和许多传说

都来到了我的心里，把我缠绕。

你最有力量的，你最先从混乱中浮现②！

我愿跟着你重又把苦难经历一遍！

在这奔向县城的大路上和我一样走着的

我知道曾经有过到衙门去纳税的，

受了冤屈或者打了架去告状的，③

被招募去当兵或者修马路的，

挑着菜蔬去卖了而又买回几尺布的，

但是也曾经走过造反的队伍。

最有力量的就是人民的反抗。

即使是失败的反抗我也要为它歌唱。

---

① 人文本"3."作"三"。

② 《解放日报》本"浮现"作"出现"。

③ 人文本删除此行。

在从前，六十岁以上的老人喜欢讲白莲教，

那是他们平静的记忆里的最大的风暴。

蓝大顺，蓝二顺，那两个造反的头子，

率领着人马沿途攻打城堡。

那时县城里只有很少清代的兵士。

书院里的人聚集起来和知县商量大事。

他们建议在城外附近①的一座树林里

挂上一长排灯笼，到了②夜晚把它们都点亮，

然后派一队兵士从侧面去袭击。

蓝大顺，蓝二顺中了疑兵计，不敢前进，

而且当战斗把他们赶到了一片冬水田里，

又深又软的泥陷住了他们的马蹄。

他们就这样被捉住。队伍也就奔窜到别处。

好多年来再也没有大的变乱，

只有间或有过路的军队拉夫，

把农民们赶得像鸡鸭一样

满山乱跑或者从岩边滚下去，

或者③间或有小股的土匪活动，

他们叫山为龙背，叫有钱人为肥猪。

---

① 《解放日报》本无"附近"。

② 《解放日报》本无"到了"。

③ 人文本删除"或者"。

一直到一个老虎下山的荒年

深山里才又出现了"神兵"①。

那是一个完全②和外面隔绝的世界。

只有冒险的小贩到那③里去买药柴④。

他们回来后嘲笑那里的人经常吃包谷，

因为在城里的人看来，那是喂猪的食物。

就在这深山里出现了大菩萨，二菩萨，

他们会披着黄袍，拿着鹅毛扇，念咒作法，

他们把信从的农民称为"神兵"⑤，

说吞了他们的符水就会突然有神力，

而且无论刀，无论枪子儿，都不能杀死。

有一天，这样的队伍拿起菜刀，锄头和火钳，

从深山里杀出来。⑥顺着大路向县城进发。

队伍沿途扩大。那些怕死的有钱人家

在门前点着香烛，跪着迎接。

他们的命运悬于两块竹根⑦做成的卦。

在他们面前卦被掷下地去：

得顺卦者生，得阴卦者死。

---

① 《解放日报》本"神兵"无双引号。
② 人文本删除"完全"。
③ 《解放日报》本"那"作"哪"。
④ 人文本"药柴"作"药材"。
⑤ 《解放日报》本"神兵"无双引号。
⑥ 《解放日报》本"。"作"，"。
⑦ 《解放日报》本"竹根"作"竹棍"。

队伍继续前进。他们喊着"杀灰狗儿"！

那些被他们称为灰狗儿的驻军

被逼①退入了县城，关了城门。

他们真似乎杀不死。子弹穿进了身体，

他们仍然向前冲，像一点落到身上的雨。

他们把夺来的枪支，他们所鄙视的新式武器

用石头扎破②，一捆一捆地沉入河水里。

驻军那样危急，他们在城里

杀黑狗，杀雄鸡，而且搜索产妇，

要用他们的血来破神兵③的法术。

一直到爬城的时候，这些从不后退的勇士④

被一排机枪扫射了下来，兵士们才恢复了信心，

才很快地传着消息，说"神兵"⑤还是打得死。

于是在接着来的一阵猛烈的反攻以后，

这些反叛者就成了堆积在河坝的尸首。

于是一切又回到了沉默的统治。

这个故事在人们的记忆里像烧过了的炭

渐渐地变成灰色，渐渐地被忘记。

---

① 《解放日报》本"逼"作"迫"。

② 《解放日报》本"扎破"作"扎坏"；人文本"扎破"作"砸破"。

③ 人文本"神兵"作"'神兵'"。

④ 《解放日报》本"勇士"作"反叛者"。

⑤ 《解放日报》本"神兵"无双引号。

当^①我到县城里去进学校，

我曾经在街上的照相馆的玻璃窗内

看见^②这些反叛者的尸首的照片

（它们已经是引不起人注意的陈旧的装饰）。

他们有成人，也有小孩子，

有的头上围着^③布，有的赤着脚，

有的闭着眼睛，有的张着口，

仿佛那些顽强的还在疑惑：

为什么他们尽了全力

还是没有把束缚他们的命运冲破？^④

4.^⑤ 都市

呵，都市，你这个怪物！

你这个黑色的大蜘蛛，

你的网伸向四方八面像吸血管，

无数人的饥饿为了你的肚子的饱满！

战时的繁荣。畸形的繁荣。

---

① 人文本"当"作"后来"。

② 人文本"看见"作"看见过"。

③《解放日报》本"围着"作"包着"。

④《解放日报》本"？"作"。"。

⑤ 人文本"4."作"四"。

银行的水门汀建筑高耸入云。

汽车，从上海来的，从南京来的，

照样威风十足地奔驰在重庆①这山城。

人。人拉着人。人抬着人。

还有匆匆忙忙在街上走着的人。

每个人的脑子里在转着什么主意？

谁在笑着，满足于自己的胜利？

谁在日夜为生活奔波，喘着气？

惨淡的夜晚里的惨淡的旅馆。

麻将声的统治里，突然穿过一声

"茶房，茶房，"和叫"瓜子，香烟"的小贩。

茶房到单身客人的房间问："先生，

要姑娘吗？干净的，三十块钱一晚。"

我像站在垃圾堆里呼吸。

在垃圾堆里也有人匍匐着找东西吃。

晚报！晚报！晚报报告了武汉的失守。

路透社②的消息使我颤抖：男女老幼

在人行道上拥挤着，难于插足行走；

---

①《青年文艺》本无"重庆"。

② 人文本"路透社"作"上面"。

黑夜中红色的火光上升①，木制房屋的炸裂声，

石制房屋的爆炸声，清澈可闻…②

但这并不能破坏这里的日程。

一切照常进行，从白天到夜晚，从夜晚到天明。

对这一切我是如何厌弃！

对我③所有住过的都市！

像几何学上的圆周一样圆的④是我的记忆，

从每一点过去引到现在都似乎等距：⑤

北平。我住了很多年还是不喜欢

那一声"您"，那一声"回见"，

还有那在胡同里碰见，对面打千，

还有那打电话问好，问一半天。

还有那有名的三海子公园，八大胡同，厂甸。

还有那新起来的舞场，弹子房和女招待。

这一切存在没有人奇怪。

我却感到这个城在陷落，陷落到地层里去，

它的居民都将被活埋，我也不是例外。

---

① 《青年文艺》本"黑夜中红色的火光上升"作"红色的火光中"。

② 《青年文艺》本、人文本"…"均作"……"。

③ 《青年文艺》本"对我"作"对于我"。

④ 《青年文艺》本"圆的"作"的圆"。

⑤ 《青年文艺》本"："作"。"。

大学教授① 到定县去讲学才发现

老百姓原来不是吃白面馍而是吃小米饭。

我那些日子过得多么没有意义！

我那些多梦的日子！我那些梦的怪异！

我梦见我站在高台上。整个城在我脚下。

电车在大街上驶行着，发出火花。

我说："一定有什么事情要发生。"

但是我失望了："没有什么事情发生。"

突然一阵狂风吹来，把我吹醒。

呵，炮声！南苑北苑的炮声像雷鸣。

响吧！响吧！只有你才能震动这死城！

天津。臭的墙子河。污秽的三不管。

人家告诉我坐洋车过那里要抓紧帽子，

不然就有人从旁边伸出手来抢去。

工厂的烟囱里的黑烟在空中弥漫。

工女们在黄昏中流出来像沉船的碎片。

日本浪人对着市政府的大门小便。

还未死去的白面儿客② 在为"冀东政府"请愿。

我要像赶走一群苍蝇似地

来赶走我这些灰色的记忆：

① 人文本"大学教授"作"大教授"。
②《青年文艺》本、人文本"白面儿客"作"白面客"。

每天晚上我坐在电灯下，坐在藤椅里，
听着与我同类的知识分子的叹气：
"这种小职员的生活再过五年——
只要五年我们就一定被毁坏！"
或者一个单身汉的同事
像问我为什么不喝酒一样地
问我："你呵，你为什么不恋爱？"

对① 这一切我是如何厌弃！
对② 我所有住过的都市！
我的祖国，你的力量在哪里？
你靠什么来抵御敌人，保存自己？
到底谁是你的最忠实的儿女？
你说话呀！
你为什么不说话？
是谁捏住了你的颈子？

长久地长久地我不能睡去。
我像睡在监狱里一样渴求着阳光和空气。
我像睡在医院里一样听厌了呻吟和哭泣。
我又像睡在颠簸的海船上远渡重洋，

① 《青年文艺》本"对"作"对于"。
② 《青年文艺》本"对"作"对于"。

我的肠胃在翻动，我的眼睛望着远方。

呵，快些给我一个海港！

快些让我的脚踏在大陆上！

但是远远地远远地

我听见了一种震动①大地的声音，

它是那样错杂而又那样和谐，

它是那样古老而又那样年轻②。

那是我的祖国在翻身。

那是我们的兵士在攻打着敌人。

那是无数的人民觉醒了，站起来了，

在推动着历史前进。

---

① 《青年文艺》本"震动"作"震动着"。

② 《青年文艺》本"年轻"作"年青"。

重庆街头所见 ①

喂，② 你要去搭公共汽车吗？
公共汽车里是常常出笑话的。

话说有一天，天下着雨。
许多人在公共汽车里挤。
一个穿蓝布短褂 ③ 的"下等人"
居然挤拢了一位绅士的身边。
这位绅士怕挨脏了他的西服
又要花一笔钱送进洗染店，
赶快用雨伞来隔在他们中间。
伞上的雨水往下滴，往下滴，
滴在那个"下等人"的脚上像眼泪。
呵，难道是我自己想哭泣！
我刚来自另外一个地方，

---

① 此诗题为《笑话》载于《新华日报》1944 年 9 月 16 日。诗文学社本、文化生活本未收录此诗。人文本增入此诗。此处录自人文本，以《新华日报》本进行汇校。

② 《新华日报》本此处无","。

③ 《新华日报》本"短褂"作"短裤"。

那里农民可以叫我"老何"，

把他的手放在我肩上，①

那里我可以和工人一起坐在小饭馆里，②

一边吃东西，一边谈笑如兄弟。

而这里——

但③这并没有什么好笑，是不是？

且说又一天，天上出大太阳。

公共汽车里更挤得人发狂。④

一个农民右手拿着口袋，

左手拿着一只笛子。

我猜想他是个民间⑤音乐家，

背粮食进城来卖了，顺便买个乐器⑥。

但是他多么狼狈！⑦

公共汽车里没有音乐家⑧的坐位。

他把笛子直拿在胸前，不行，

几乎碰到⑨一位坐着的先生的眼镜。

---

① 《新华日报》本"，"作"。"。

② 《新华日报》本此行原作"在饭馆里我可以和小贩坐在一起，"。

③ 《新华日报》本"但"作"但是，"。

④ 《新华日报》本"。"作"，"。

⑤ 《新华日报》本此处有"的"。

⑥ 《新华日报》本此行原作"背粮食进城来换了乐器"。

⑦ 《新华日报》本"！"作"；"。

⑧ 《新华日报》本"音乐家"作"音乐"。

⑨ 《新华日报》本"到"作"了"。

他把笛子横拿在头上，汽车一颠簸，

笛子又碰到了人，并且突然被谁夺去了，①

接着脑壳上又挨了几下冰雹。

他惊异地回过头去。原来背后

有一位老爷穿着西服，系着领带，

在用笛子敲他的头，骂他"混蛋"。②

最后笛子被丢到窗外。

有的乘客居然③哈哈大笑起来。

但是，你还要上办公室，

你还是赶快去站队，

长蛇一样的队伍

已从街头排到街尾。

　　　　　　　一九四五年九月十四日下午，重庆。④

---

①《新华日报》本此行原作"笛子突然从他手中飞跑了，"。

②《新华日报》本无"。"。

③《新华日报》本"有的乘客居然"作"周围的乘客都"。

④《新华日报》本署作"九月十四日下午"。

新中国的梦想 ①

一

日本投降的消息到了延安，
把一个深夜 ② 的会议打断。
钟声被惊动了似地狂响。
人们从窑洞流到街道和广场。
火把，行列 ③ 和叫喊。
秧歌锣鼓，秧歌舞。
人被抬了起来。
男子们也 ④ 互相拥抱，
胸前的钢笔也被抱断。

也有过早蓄了胡须的年轻 ⑤ 人
兴奋后回到窑洞里 ⑥ 点起煤油灯，

---

① 此诗曾以《新中国的梦想将要实现——为政治协商会议获得重大成果而作》为题，刊载于《中原·文艺杂志·希望·文哨联合特刊》（后简称《联合特刊》）1946 年第 1 卷第 3 期，第 11—13 页。未收入诗文学社本、文化生活本，增入人文本。此处录自人文本，以《联合特刊》本进行汇校。

② 《联合特刊》本"深夜"作"深夜里"。

③ 《联合特刊》本此处有"，"。

④ 《联合特刊》本删除"也"。

⑤ 《联合特刊》本"年轻"作"年青"。

⑥ 《联合特刊》本无"里"。

低声地对我说，好像一声长叹：

"还没有完结呵中国人民的灾难！"

二

没有完结的是重庆的雨天和阴天。

雨天是满街的烂泥。

阴天使人要发疟疾。①

何等沉闷的天气！何等可恶②的咬文嚼字：

"是内乱不是内战！③"④

---

①《联合特刊》本以上两行作：
阴天是满街的烂泥。
雨天使人要发疟疾。
②《联合特刊》本"可恶"作"无聊"。
③《联合特刊》本"！"在后双引号外面。
④《联合特刊》本此节后还有两节十四行：
中国人民不愿意战争，
中国人民的先锋队也不愿意战争。
曾经有那样的时候，
他们的手只知道拿锄犁，
他们的手只知道管机器，
他们不知道他们的手还有旁的用处，
他们像羊一样顺从着屠夫。

屠夫教会了他们，
日本人教会了他们，
他们才拿起武器。
八年了。他们用血灌溉着中国的土地。
土地上长了树，树上又结了果实。
但最后地主却跑来了：
"这都是我的，因为这是我的土地！"

何等疯狂的波浪！

何等的舵手才能坚决①地把握住方向

而又巧妙地向前直航！

历史多次地证明了科学的预见的神奇，

但在险恶的逆流中我们仍容易迷惘。

　"人民将赢得战争，

赢得和平，又赢得进步"——

但哪里是和平的阳光？　②

三

呵，百年来的中国人民的梦想，

或者叫富强，

或者叫少年中国

或者叫解放，

或者甚至叫不出名字，

---

①《联合特刊》本"坚决"作"坚定"。
②《联合特刊》本本节后另有一节八行：
　历史的行程没有人能够阻挡，
　不愿抗战的终于接受了抗战，
　不愿和平的终于接受了和平，
　旧中国的禁城也终于打开了大门，
　即使还开的很窄很窄，
　我已听见了新中国的诞生的震动声，
　在隆隆地响着，
　有如巨大的车轮。

只是希望有衣穿，有饭吃 ①

（这也许是太不像希望的希望，

太不像梦想的梦想，

但这又是多么不容易变成现实 ②）……③

必须有人来集中他们的意愿，

必须有人来寻找道路！

好长的路！

好曲折的路！

多少人倒下了

而又多少人继续走下来的路！

终于走成了一条异常广阔的路！

新中国呵，

百年来的梦想中的新中国呵，

不管还要经过多少曲折，④

你将要在我们这一代出现！

你给了我们最大的鼓舞，

最大的晕眩！

---

① 《联合特刊》本此处有"……"。

② 《联合特刊》本此处有"！"。

③ 《联合特刊》本无"……"。

④ 《联合特刊》本无"不管还要经过多少曲折，"。

四 ①

是的。还有着 ② 狼。

狼还在横行。

---

①《联合特刊》本"四"原为"六"，中间删去了四、五两章，共十节五十行：

四

从我还是一个小孩子
老人们的传说就把我□绕：
说洋人的眼睛能够看透地下，
抢去了中国的许多财宝…
这真是太荒唐，太荒唐，
但这又是何等真实的反映！

直到今天
我的朋友们还在争论着
中国是不是已经独立：

有的说，
不平等条约已经废除；
有的说，
没有独立的工业
哪有独立的中国？
假若老百姓还是这样穷苦，
假若老百姓还是这样被践踏，
就算□独立吧，
这独立是多么不完全，
多么悲惨！

五

上海的工人说：
"民主不民主
就看我们的生活是不是改好。"
说得好！

从农村来的人告诉我农民的悲苦，
没有一个幻想家能够幻想出那样残酷，

自然的荒旱，人为的摧残，
抗战以来农村里添了多少黑暗！
我问他："你夸大了没有？"
他说："这些我都是亲眼看见。"

而有的旅行家却苦恼着
"为什么收复□的老百姓那样冷淡，
仿佛日本人打垮了和他们并不相干？"

并不是他们的心结了冰，
并不是他们感觉迟钝，
他们什么都懂得呵，
这就是他们的批评，他们的意见！

我来见证，
我看见过不同的情形，
他们是那样热烈，那样奋不顾身，
他们参加军队，他们抢救伤兵，
他们选举，他们开会，
他们像政治家一样谈论。

他们是热情而又勇敢，
只要他们不再是奴隶，
只要为了去打断他们的锁链。

民族性论者必须谨慎：
一个民族有着两个民族性。
真正寒冷，自私，狡诈的
是另外的人，
并不是他们。

②《联合特刊》本删除"着"。

狼又可以变狐狸。

中国人民还得小心哩。

五 ①

"中国人民面前现在还有困难，

将来还会有很多困难，

但是中国人民不怕困难！"

何等有力的声音！

何等坚强的信心！

好久好久了

我想作一曲毛泽东之歌，

但如何能找到那样朴素的语言

来歌颂这人民的最好的勤务员？

又如何能找到那样庄严的语言

来叙述他对于人民的无比的贡献？

还是老百姓的心和他最相通，②

最先是一个民间歌人

---

① 《联合特刊》本"五"作"七"。
② 《联合特刊》本"，"作"。"。

唱起了"中国出了个 ① 毛泽东"。

也是一个农民，一个跛了脚的，
和我谈起抗战胜利却掉下眼泪。
为什么呢？他说："我知道
毛主席要离开延安了，
没有人像他那样对我们好。"

六 ②

他把中国人民的梦想
提高到最美满，
他又以革命的按部就班
使最险恶的路途变成平坦。
五千年累积的智慧，
一百年斗争的英勇，
在他身上成熟，
在他身上集中，
我伟大的民族
应有这样伟大的领袖 ③ 出现！

---

① 《联合特刊》本无"个"。
② 《联合特刊》本第六章与上面一章同属第七章。
③ 《联合特刊》本"领袖"作"代表"。

多少重大的关键，

多少严格的考验，

他的路线总是胜利的路线！ ①

他又教我们不要骄傲，不要急躁。

百年来的梦想将要在我们这一代实现，

这并不比打倒一个日本法西斯轻便！ ②

从青年到老人，

从都市到乡村，

---

① 《联合特刊》本此行原作三行：
从和平转变到战争，
从战争转变到和平，
他的路线就是胜利的路线！
② 《联合特刊》本此节原为三节十一行：
他教我们放手发动群众，
他教我们按照客观事物的规律办事，
他使中国人民的事业
从此立于不败之地！

他又教我们不要骄傲，不要急躁，
教我们团结全中国的人民
一同前进！

从来没有今天这样
需要最广泛的团结，
百年来的梦想要在我们这一代实现，
这并不比打倒一个日本轻便！

从先锋队到尚未觉醒者，①

都起来呵，②

把新中国的基础筑得很坚固，

把地上的荆棘和垃圾通通扫除，③

再也没有谁④能够毁坏，

再也没有什么能够阻碍，⑤

然后田野里长满了五谷，

工厂里机器不住地⑥旋转，

文化像翅膀一样长在每个人身上

又轻又暖，又能飞得远，

然后我们再走呵，

走向更美满的黄金世界……

七⑦

这就是我为什么这样激动。

---

①《联合特刊》本以上两行作：
从先锋队到尚未觉醒者，
从都市到偏僻的乡村，
②《联合特刊》本此行作"都团结起来，筑呵，筑呵，"。
③《联合特刊》本无此行。
④《联合特刊》本"谁"作"人"。
⑤《联合特刊》本无此行。
⑥《联合特刊》本"不住地"作"不断地"。
⑦《联合特刊》本"七"作"八"。

这就是我的杂乱的颂歌。

这还不是一个对于新中国的诞生的庆贺，

这只是一只鸟雀

在黎明之前①

用它硬硬的嘴壳敲着人们的窗子，②

报告一个消息：

"这一次

再不是我的幻觉。

这一次

真是天快亮了。

起来呵！

起来呵！"

一九四六年，重庆。③

---

① 《联合特刊》本无此行。
② 《联合特刊》本此行原作：
用它硬硬的嘴壳
敲着人们的窗子，
③ 《联合特刊》本署作"一九四六年二月初"。

我们最伟大的节日 ①

一九四九年九月二十一日，中国人民政治协商会议第一届全体会议在北京开幕。毛泽东主席在开幕词中说："我们团结起来，以人民解放战争和人民大革命打倒了内外压迫者，宣布中华人民共和国的成立了。"他讲话以后，一阵短促的暴风雨突然来临，我们坐在会场里面也听到了由远而近的雷声。

九月三十日，中国人民政治协商会议第一届全体会议选出了以毛泽东主席为首的中央人民政府委员会，胜利闭幕。十月一日，北京人民三十万人在天安门广场庆祝中华人民共和国中央人民政府的成立。新的国旗在广场中徐徐上升。毛泽东主席宣读中央人民政府公告。公告宣读毕，阅兵式开始。最后，群众队伍从广场绕到主席台下，热烈地欢呼"中华② 人民共和国万岁！""毛主席万岁！"毛泽东主席在扩音机前大声地回答："同志们万岁！"

---

① 此诗载于《人民文学》创刊号 1949 年 10 月。文化生活本未收入此诗。人文本增入此诗。此处录自人文本，以《人民文学》本进行汇校。

② 《人民文学》本无"中华"。

一 ①

中华人民共和国
在隆隆的雷声里诞生。

是如此巨大的国家的诞生，
是经过了如此长期的苦痛
而又如此欢乐的诞生，
就不能不像暴风雨一样打击着敌人，
像雷一样发出震动着世界的声音……

二 ②

多少年代，多少中国人民
在长长的黑暗的夜晚一样的苦难里
梦想着你，
在涂满了血的荆棘的道路上
寻找着你，
在监狱中或者在战场上
为你献出他们的生命的时候

① 《人民文学》本"一"作"1"。
② 《人民文学》本"二"作"2"。

呼喊着你，

多少年代，多少内外的敌人
用最恶毒的女巫的话语
诅咒着你，
用最顽强的岩石一样的力量
压制着你，
在你开始成形的时候
又用各种各样的阴谋诡计
来企图虐杀你，

你新的中国，人民的中国呵，
你终于在旧中国的母体内
生长，壮大，成熟，
你这个东方的巨人终于诞生了。

三 ①

终于过去了
中国人民的哭泣的日子，
中国人民的低垂着头的日子；

---

① 《人民文学》本"三"作"3"。

终于过去了

日本侵略者使我们肥沃的土地上长着荒草，

使我们肚子里塞着树叶的日子；

终于过去了

美国的吉普车把我们像狗一样在街上压死；①

美国的大兵在广场上强奸我们的妇女的日子；

终于过去了

中国最后一个黑暗王朝的统治！

四 ②

蒋介石，帝国主义和封建主义杂交而生的蒋介石，

现代中国人民的灾难的代名词，

他用血来吓唬我们，

他把中国人民的血染遍了中国的土地。

但中国人民并没有被征服。

前年十月，

---

① 《人民文学》本"；"作"，"。
② 《人民文学》本"四"作"4"。

毛泽东指挥我们开始大进军，

并颁布了一连十五个"打倒蒋介石"的口号。

那是中国人民在心里郁结了许多年的仇恨。

那是最能鼓舞我们前进的动员令。

我们打过了黄河，打过了长江，

蒋介石匪帮

就像兔子一样逃跑，惊慌。

毛泽东，我们的领导者，我们的先知！

他叫我们喊出打倒日本帝国主义，

日本帝国主义就被我们打倒了！

他叫我们喊出打倒蒋介石，

蒋介石就被我们打倒了！

他叫我们驱逐美帝国主义出中国，

美帝国主义就被我们驱逐出去了！

都打倒了，都滚蛋了，都崩溃了，

所有那些驶行在我们内河里的外国的军舰，

所有那些捆绑着我们的条约，法律，

所有那些臭虫，所有那些鹰犬！

虽然他们现在还窃据着几小块土地

像打破了船以后抓着几片木板，

很快就要被人民战争的波涛所吞没了！

毛泽东呵，

你的名字就是中国人民的力量和智慧！

你的名字就是中国人民的信心和胜利！

五①

毛泽东向世界宣布：

中华人民共和国诞生了。

毛泽东向世界宣布：

我们已经站起来了，

我们再也不是一个被人侮辱的民族了。

欢呼呵！歌唱呵！跳舞呵！

到街上来，

到广场上来，

到新中国的阳光下来，

庆祝我们这个最伟大的节日！

---

①《人民文学》本"五"作"5"。

六^①

北京和延安一样充满了歌声。

五星红旗在这绿色的城市中上升。

密集的群众的海洋：

无数的旗帜在掌声里飘动

就像在微风里颤动的波浪。

在毛泽东主席的面前

我们的海军走过，

我们的步兵走过，

我们的炮兵走过，

我们的战车走过，

我们的骑兵走过，

我们的空军在天空中飞行，

群众的队伍从广场上绕到

毛泽东主席的面前来喊着：

"毛主席万岁！"

毛泽东主席回答着：

---

①《人民文学》本"六"作"6"。

"同志们万岁!"①

这是何等动人的欢呼!
这是何等动人的领袖与群众的关系!

跳跃着喊!
舞动着两个手臂喊!
站在主席台下望着毛泽东主席不愿离开地喊!
把这个古老的城市喊得变成年轻②!
把旧社会留给我们身上的创伤和污秽
喊掉得干干净净!

举着红灯的游行的队伍河一样流到街上。
天空的月亮失去了光辉,星星也都躲藏。

呵,我们多么愿意站在这里欢呼一个晚上!
我们多么愿意在毛泽东的照耀下
把我们的一生献给我们自己的国家!

---

① 《人民文学》本以上四句原为二句:
毛泽东主席的面前来喊着:"毛主席万岁!"
毛泽东主席回答着:"同志们万岁!"
② 《人民文学》本"年轻"作"年青"。

七①

② 让我们更英勇地开始我们的新的长征！

我们已经走完了如此艰辛的第一步，

还有什么能够拦阻

毛泽东率领的队伍的浩浩荡荡的前进！

一九四九年十月初，北京。③

---

① 《人民文学》本"七"作"7"。

② 《人民文学》本此处有"呵，"。

③ 《人民文学》本此处未署时间。

后记 ①

　　这是我的第二个诗集。抗战以来一九三八年到一九四二年②所写的短诗大部分都在这里面了。其所以还有少数未能收入者，因为全部原稿并不在手边，这是根据大后方的朋友们替我保存的作品编起来的。

　　我的第一个诗集即工作社预告过的③《预言》。那是一九三一年到一九三七年写的。其中一部分曾编入《汉园集》，一部分曾一度收入《刻意集》而三版时又删去了，还有一小部分则是抗战前不久，我思想上开始有些改变时的作品。把那些古老的东西编成一个集子已经是四年以前的事了，④那时的动机也不过一是为了自己保存陈迹，二是为了爱好我的作品者了解我的思想发展，总之没有什么更充分的理由。后来工作社打算印，而且不久以前已经在桂林付排了，打好了纸型⑤。但是，战时的变化是很多的，现在当然无法出世了。这也没有什么，于人于己

　　①《后记》曾以《谈自己的诗——〈夜歌〉后记》为题载于《诗文学》1945 年第一期，第 35—37 页；文化生活本《后记》作《后记一》。人文本《后记》作《初版后记》。此处录自诗文学社本，以《诗文学》本、文化生活本、人文本进行汇校。

　　②人文本删除"一九三八年到一九四二年"。

　　③人文本删除"工作社预告过的"。

　　④《诗文学》本","作"。"。

　　⑤《诗文学》本"纸型"作"纸版"。

都不是值得惋惜的事。但将来若万一又有机会印出来，我想给它另外取个名字，叫做《云》。^① 因为那些诗差不多都是飘在空中的东西，也因为《云》是那里面的最后一篇。在那篇诗里面，我说我曾经自以为是波德莱尔散文诗中那个说着"我爱云，我爱那飘忽的云"的远方人，但后来由于看见了农村和都市的不平，看见了农民的没有土地，我却下了这样的决心：

从此我要叽叽喳喳发议论：

情愿有一个茅草的屋顶，
不爱云，不爱月亮，
也不爱星星。

不久抗战爆发了。我写着杂文和报告。我差不多放弃了写诗（《成都，让我把你摇醒》是一个偶然的例外）。但后来，主要是一九四〇年，我又写起诗来了。我写得很容易，很快，往往是白天忙于一些旁的事情，而在晚上或清晨，^② 有所感触，即挥笔写成。这个集子中的大部分诗都是在这种情形下写的。

这个集子的全名应该是《夜歌和白天的歌》。这除了表示有些是晚上写的，有些是白天写的而外，还可以说明其中有一个

---

① 人文本"其中一部分曾编入《汉园集》……我想给它另外取个名字，叫做《云》。"删改为"那个集子其实应该另外取个名字，叫作《云》。"。
② 文化生活本、人文本删除"，"。

旧我与一个新我在矛盾着，争吵着，排挤着。

创作者不一定发表他的理论，但是他应有一个理论在支持者他的写作，这个创作理论的正确或错误直接影响到他的实践与成就。抗战以前，我写我那些"云"的时候，我的见解是文艺什么也不为，只为了抒写自己，抒写自己的幻想，感觉，[①] 情感。后来由于现实的教训，我才知道人不应该也不可能那样盲目的 [②]，自私地活着，我就否定了那种所谓为艺术而艺术（实际是为个人而艺术）的见解 [③]。抗战以后，我也的确有过用文艺去服务民族解放战争的决心与尝试，[④] 但由于我有些根本问题在思想上尚未得到解决，一碰到困难我就动摇了，打折扣了，以至后来变相的为个人而艺术的倾向又抬头了。那是我在前方跑了一阵，打算专门写报告的计划失败之后。那时我在创作上又碰到了苦闷 [⑤]。报告写得自己不满意，而又回到一个学校里教书，似乎没有什么可报告的了。在这种情形下我才又考虑到写诗。记得当时也还 [⑥] 有一点自知之明，我明白我的感情还相当旧，对于新的生活又不深知，写诗也仍然有困难。但接着我又退让了一步。我说，就写我自己这种新旧矛盾的情感也还是有意义的。这样一来，就又回复到 [⑦] 抒写个人的倾向了。

---

① 人文本此处两"，"均作"、"。
② 文化生活本、人文本"的"均作"地"。
③ 人文本"所谓为艺术而艺术（实际是为个人而艺术）的见解"作"为个人而艺术的错误见解"。
④《诗文学》本"，"作"。"。
⑤《诗文学》本"苦闷"作"苦恼"。
⑥《诗文学》本"还"作"还是"。
⑦ 人文本此处有"主要是"。

《夜歌》就是在这理论的支持之下写起来的。所以我写得真
是乐而淫，哀而伤，充分发泄了我当时的那种感伤，脆弱，空
想的情感。① 现在时过境迁，更主要地是我经过了最近两年来
思想上的变化，这些夜歌和白天的歌又和我隔得相当辽远了。
当我这次把它们编成集子，重读一遍时，我的感觉是这样的：

　　这个时代，这个国家，所发生过的各种事情，人民，
和他们的受难，觉醒，斗争，所完成着的各种英雄主义的
业绩，保留在我的诗里面的为什么这样少呵。这是一个轰
轰烈烈的世界。而我的歌声在这个世界里却显得何等的无
力，何等的不和谐！（《谈写诗》）②

　　而且当时为什么要那样反复地说着那些感伤，脆弱，空想
的话呵。有什么了不得的事情值得那样缠绵悱恻，一唱三叹呵。
现在自己读来不但不大同情，而且有些感到厌烦与可羞了。③
　　现在看来，这真似乎是毫无道理的，在愤慨于成都还是沉
沉地睡觉地时候，我一方面说要把它摇醒，一方面却又还在想
着马耶可夫斯基对叶赛宁的自杀的非难，"死是容易的，活着
却更难"。这是何等明显地表示出旧的知识分子的矛盾，④ 可笑。

---

　　① 人文本"所以我写得真是乐而淫，哀而伤，充分发泄了我当时的那种感伤，脆弱，空想的情感。"
作"所以里面流露出许多感伤、脆弱、空想的情感。"。
　　② 人文本"（《谈写诗》）"作"——《谈写诗》"。
　　③ 文化生活本、人文本此段段首均顶格，与上文连成一段。
　　④ 人文本"，"作"、"。

叙述一个抗战的故事，一个泥水匠参加抗日军队的故事，却是为了使一个知识①分子的意志更坚强的些，而这个知识分子在为着做了不快活的梦而不快活。《夜歌（七）》中又想起了许多死者，而且还写了这样两行典型的句子：

　　生活是平凡
　　而又充满了残酷的！

　　这真是直截了当②地暴露出来了旧的知识分子的弱点：空想而又脆弱。③

　　正因为还有着很多的感伤，④脆弱，我才那样反复地强调温情与快乐。想到列宁的时候，也是想到其最适合于当时的我的地方，"寂寞并不是一件小事情呀"，或者"我们必须梦想"。整个的列宁，或者说主要的列宁，当然并不是这样的。明知要求着温情是可羞的，然而又说"说出来了也好"。其实到底有什么好呢，除了自我发泄以外？⑤

　　我所强调的快乐也是相当空洞的。对于一个从旧社会里走

---

①《诗文学》本"知识"作"智识"。

②《诗文学》本、文化生活本"直截了当"均作"直捷了当"。

③人文本"叙述一个抗战的故事……这真是直截了当地暴露出来了旧的知识分子的弱点：空想而又脆弱。"作"这篇诗固然是我参加革命以前写的，但在以后写的诗里面，类似这种矛盾、可笑的地方也还是不少。"

④人文本"，"作"、"。

⑤人文本"明知要求着温情是可羞的，然而又说'说出来了也好'。其实到底有什么好呢，除了自我发泄以外？"作"明知要求着温情是可羞的，然而又说不能抛弃这种想法。为什么不能抛弃呢？正是说明自己还没有经过认真的锻炼和改造。"

到革命队伍中来的知识分子，最重要的是思想上的教育与行动
上的实践，使他的思想情感得到改变①，达到和劳动群众打成一
片，那他就会忧国忧民，而不忧己忧私了。只是强调乐观的重要，
或者发挥所谓通过痛苦的快乐，那是什么问题也不能解决的。

　　空洞地，②抽象地谈着快乐，美丽，纯洁，光明，人类，善
良的人，③等等，这也是我这些诗的一个特点。这主要地是由于
还没有真正看见并理解新的生活，新的人的缘故。过去的书本
的影响还浓厚地笼罩着当时的我。其实新的劳动人民的美德，④
伟大，早已超过了那些过去的作者们所想象与所赞美的了。而
我还在重复着那些老话。那些琐碎的或者并不正确⑤的老话。
当劳动人民以及⑥其先锋队在战场，在农村，在工厂，在其他
种种岗位上创造着新的世界，新的历史的时候，我想谈说"纯
洁的事情"都不过是"最早的朋友"，"最早的爱情"；我们想象
的"我那些兄弟们"还是旧的人民，"汗流满面"才得糊口，或者，
"睡在那低矮的屋檐下"；而回答着"什么东西能够永存"这个
问题（其实这个问题本身就没有什么现实的意义），我却又从"我
读着的书籍"才感到"劳作"的意义。⑦

----

①　人文本"改变"作"改造"。

②　人文本删除"，"。

③　人文本删除"，"。

④　人文本"，"作"和"。

⑤　人文本"并不正确"作"并不很正确"。

⑥　人文本"以及"作"及"。

⑦　人文本"我想谈说'纯洁的事情'……才感到'劳作'的意义。"作"我想象的'我那些兄弟们'还是旧的人民，'汗流满面'才得糊口，或者，'睡在那低矮的屋檐下'。"。

这些，都说明我还没有在思想上与在生活上真正和劳动人民相结合①。虽说我已走到②劳动人民的队伍中，愿意与他们同甘苦，共命运，一起为着理想的社会而奋斗，我的思想中还保存着浓厚的旧日的生活与教育给予的影响，我不知道还有许多东西应该抛弃，我不知道应该用些③什么来代替它们。相反地，我当时把它们理想化，以为它们与劳动人民的思想情感并无不合之处。现在好在有这本诗集为证，所谓事实胜于雄辩了。

在四二年④春天以后，我就没有再写诗了。有许多比写诗更重要的事情要去做，而其中最主要的是从一些具体问题与具体工作去学习理论，检讨与改造自己。我们民族的灾难是如此深重，她底⑤每一个忠实的儿女都应该担负起双倍的担子。一个人不能成天只是唱歌。许多事情我都要去学习做。我过去的生活，知识，能力，⑥经验，都实在太狭隘了。而在一切事情之中，有一个最紧急的事情则是思想上武装自己。就是写诗吧，要使你的唱歌不是一种浪费或多余，而与劳动人民的事业血肉相联，成为其中的一个部分，也非从学习理论与参加实践着手不可。

在写这些短诗的中间，我还计划写一篇较长的诗，并开始

---

① 人文本"相结合"作"打成一片"。

② 《诗文学》本"走到"作"走进"。

③ 文化生活本、人文本删除"些"。

④ 文化生活本、人文本"在四二年"作"在一九四二年"。

⑤ 《诗文学》本"底"作"的"。

⑥ 人文本此处连同前面两处"，"均作"、"。

写了几章①，即《北中国在燃烧》。那是企图把我在一九三八年
到一九三九年从四川到陕西，山西，②河北所看到的，感到的写
出来，其中贯串之③以一个知识④分子的思想情感的矛盾与变化。
那篇没⑤完成的诗没有收进这集子里面。⑥那篇诗⑦我却写得比
较吃力，比较慢。后来停顿了下来，也是因为不满意于其内容
上旧的⑧知识分子气太浓厚，而且在形式上也发生了疑惑与动
摇。我担心那种欧化得很的⑨形式无法达到比较广大的读者中
间去。但用一种什么样的形式来代替它，则到现在还是一个未
能很好地解决的问题。⑩

　　正因为我是尽情地⑪发泄了旧的知识分子的伤感，⑫脆弱与
空想的情感，而又带有一种否定这些情感的要求再进一步的倾
向（虽说这种否定是无力的，这种要求是空洞的），我的诗有着

---

　　① 文化生活本"并开始写了几章"作"并开始写了几段"；人文本"并开始写了几章"作"并写了
几个断片"。
　　② 人文本此处两个"，"均作"、"。
　　③ 人文本删除"之"。
　　④《诗文学》本"知识"作"智识"。
　　⑤《诗文学》本"没"作"未"。
　　⑥ 人文本"那篇没完成的诗没有收进这集子里面。"作"因为缺乏充分的写作时间,动手写了两次,
都只写了很少几节。第一次是刚从前方回来不久,只是打算记录一些印象。第二次却计划扩大了,风
格也不同了一些。"。
　　⑦ 人文本"那篇诗"作"这篇诗"。
　　⑧ 人文本删除"的"。
　　⑨ 人文本"欧化得很的"作"欧化的"。
　　⑩ 文化生活本、人文本此段后均不空一行。
　　⑪ 人文本"我是尽情地"作"这些诗"。
　　⑫ 人文本"，"作"、"。

一些① 同感者，爱好者。最近还有一个热心的多次朗诵过我的诗的人从远地给我来了一封信，说我的作品引着一些青年走上了"生活的正路"。在过去，我得到这样的信是往往当作一种鼓励来接受的。现在，我却是既有些怀疑，又有些忧虑。这样的东西难道还能引人走上生活的正路吗？我想，也许对于一些还未振奋起来的人，这些诗也并不是毫无一点鼓动的作用。但可忧虑者，则是在鼓动他们的时候② 我又给予了他们一些不健康的，③ 有害的思想情感的感染。我自己就深深地感到过去的文学作品一方面帮助了我，一方面又给予了我许多累赘。这也是一个沉痛的经验教训。

但愿读我这个集子者，带着一种严格的批判的态度来读，④ 而偏爱我的作品者，超越过这本书，超越过两年以前的我，走向前去！

一九四四年十月十一日，重庆。⑤

---

① 文化生活本"我的诗有着一些"作"我的诗在知识青年中有着一些"；人文本"我的诗有着一些"作"它们在知识青年中得到了一些"。

② 《诗文学》本此处有"，"。

③ 人文本删除"，"。

④ 《诗文学》本、文化生活本、人文本"，"均作"；"。

⑤ 人文本删除"。"。

后记二 ①

　　《夜歌》于一九四五年曾在重庆由诗文学社出版过。这次重印，把当时未能收入的几篇全部都编进去了。这些诗，都是在延安整风运动以前写的；关于它们的内容在《后记一》里已略有检讨。这次，只想把增加进去的几篇再说明一下。

　　《解释自己》，原稿写得还要啰嗦一些，这次编时把后面删去了许多。当时为写这首诗，记得不但是为了解释自己，而且是为了解释我当时的创作见解。虽然我在诗里说"我辩护着新的东西，新的阶级"，但当时我还是没有明确的无产阶级观点，并没有科学的阶级分析方法的。因此在这首诗里我就既不能确切地认识中国，也不能适当地认识自己。我感到了"我的国家"是"这样萎缩而又这样有力量，这样麻木而又这样有希望"，不知道是在反动阶级的统治之下，中国才有某些萎缩麻木的现象，而中国的劳动人民主要是工人阶级和农民阶级却是充满了力量充满了希望的。自己是从封建地主的家庭生长起来，而又曾经长期过着脱离群众脱离革命斗争的知识分子生活，写这样一个"中国人的历史"，写这样一个"中国人所看见的中国"，又怎样

---

　　①《后记二》为文化生活本刊行时所增入，人文本中删除。

能够表现出伟大的中国人民所经历的苦难和斗争呢？所以，不用说我当时所主张的写知识分子也可以反映出中国来的这种见解（而且实际上是以未经改造的知识分子的立场和观点去写知识分子），是并不恰当的，不过是知识分子企图表现自己的一种说法而已。

《革命——向旧世界进军》，也许是我这本无力的诗集里面最有革命气息的一首吧，记得是在有一个时期，听了许多革命故事之后郁郁不能自已，因而写出来的。当时是一九四一年三月，欧洲的战争还是帝国主义战争性质的时候，所以我希望帝国主义国家从互相火拼中快些走向灭亡。历史修正了我那几行诗。在这次战争之后，世界上三个帝国主义国家垮台了，另一个帝国主义国家也削弱了，欧洲出现了一大片新的欧洲，出现了许多个人民民主国家，我的设想并未全错；但是旧世界大大地削弱了也还不等于死亡，中国人民的道路还要从血泊中走过，世界人民的道路也还要经历复杂的斗争。更重要的缺点是我虽然歌颂了中国人民和中国共产党人的英勇斗争，但我当时还并没有很好地理解这种无比的勇敢和无穷的力量的来源，我只是止于这样的赞叹："什么样的东西在支持着你们呵！"我引用了斯大林的名言来表达我的情感，但我当时也还并没有明确地理解他所说的"用特殊的材料制成的""特种样式的人"的含义，不知道那就是被压迫人民中有了高度的阶级觉悟，并在无产阶级的先锋队伍里参加了许多实际斗争，受了许多教育和锻炼的人。为什么三十年来的中国革命如此波涛汹涌，百折不回，我们是只有从中国人民的长期的深重的苦难，从中国共产党的正确的领导这两者去取得解答的。我并不是说在这篇诗里面就一定要发挥这些道理，我只是说明我当时的认识上的限制，而有了这种限制也就总会影响到诗的内容的深入。

《给 T.L. 同志》等三篇小诗，发表时曾冠以《叹息三章》的题目。从狂热的"叫喊"到软弱的"叹息"，两者竟是这样邻近，这样容易相通。也曾打算删去这三首，后来想，加上它们也许更可以看出当时的思想情感的全貌，就又留下了。

《让我们的呼喊更尖锐一些》，写于苏德战争爆发之后，也刚好是过第四个"七七"的时候。原来还写得浮夸一些，这次编诗时删去了很多，因为有些地方，特别在最后一段，读起来有些不很连贯。由于自己很快地也厌弃了这种比较浮夸的写法，在这篇以后我就停顿了许久未曾再写诗。大约是过了半年多，我又写起《黎明》以下的那些短歌来了。那些短歌，若只就内容而论，有许多篇都是一种倒退。幻想的，个人的，脱离现实的成分更增加了。这说明生活不加扩大，思想不加改造，只是在写法上摸索和变化，是永远不能向前跨进的。

最后，把未曾写完的《北中国在燃烧》也附上了，这是因为我不打算再去写它的缘故。《断片一》写于一九四〇年春天，刚从前方回来不久，只是计画把一些印象记录下来而已。后来忙于别的事情，没有时间写，就停止了。一九四二年春天，我又来重新写它，而且计画也扩大了，打算从旧社会写起，为一个知识分子到延安，上前方，写他的思想情感的矛盾和变化。

风格也不同了一些。这就是《片段二》。后来又因为忙于别的事情，没有时间写，又停止了。而且从此起了怀疑，不想写它了。没有能够把这篇长诗写完，现在看来是并没有什么可惋惜的，在整风运动以前写这样的长诗，是不可能有很正确的立场和观点来处理题材，也不可能采取比较容易为多数读者所容易接受的表现形式的，就是有充分的时间把它写完，也不过是另一篇庞大一些复杂一些的《夜歌》而已。

像这样一些作品，以及过去印过一次的那些和这差不多的作品，为什么还把它们编起来再印呢？严格说来，的确是没有什么充分的理由的。所有这些作品，都不过是可以说明我的文学道路的曲折和落后而已。当我还是一个封建家庭里的小孩子的时候，就在那些迟迟的日影爬过墙壁，孤独的夜鸟飞鸣在天空的私塾的日子里，文学，自然也只能是封建社会的文学，就走到我的生活里来了。它好像在无边的黑暗里闪耀着惨白的光辉的灯火。然而当时既然不懂得就是那种不满意的寂寞的日子也是建筑在对于别人的劳动的剥削上，自然更不可能辨别那些封建社会的文学的有害方面。上了鄙陋地抄袭资产阶级教育制度的所谓新式学校以后，和接触新文艺的同时，也就接触了远及我们那种比较偏僻的地方的中国第一次大革命的波动。在蒋介石的指挥下，经过四川军阀的手所制造的重庆"三·三一"惨案发生的时候，我正是一个初中一年级的学生。我现在还鲜明地记得那些被屠杀者的家属寄到我们学校里来的红字的油印传单，那种红字就好像是革命者和青年的血一样。在这以后，

我就日甚一日地逃避到逃避现实的文学作品里面去了。这已经
是一个普通知道的名言了："宗教就是鸦片烟"。而那种逃避现
实的文学呵，也正是鸦片烟。但等我离开了学校，要寻找职业
和自谋衣食的时候，我就开始从个人的立场来非难旧社会，而
我所爱好的文学也就变换为非难旧社会的文学了。我自己过去
写的东西也是和这个适应的。所以，如果我不背叛旧社会，如
果我不在抗战以后到延安去，那是连这样一本今天看来消极的
成分多于积极的成分的诗集也绝对写不出来的。那么，这或者
也可以算作对于那种认为我参加革命以后就写不出东西来了的
错误看法的一个回答吧。自然，这还不是一个较好的回答。这
些作品实在还不能令人满意。但是，这不又是进一步证明了只
是参加革命队伍还不够，还要真正和工农群众结合，还要认真
学习马列主义，并以这来改造自己吗？如果能从这样的角度来
读这些诗，那也许就不至于只得到一些消极方面的东西吧。而这，
让我重复一次，首先就要求带着一种严格的批评的态度。

　　　　　　一九四六年十二月十五日在重庆编后附记，

　　　　　　　一九四九年七月十四日在北平略加修改。

重印题记 ①

这个诗集一九四五年由诗文学社在重庆印了第一版，一九五〇年又由文化生活出版社在上海印过第二版。这次，趁人民文学出版社在北京重印它的机会，我把它改编了一下。

第一版和第二版，这个集子都叫《夜歌》。这次我把它改为《夜歌和白天的歌》。这本来是我最初想用的名字。在内容方面，我就第二版的本子删去了十篇诗，并对其他好几篇作了局部的删改。我是想尽量去掉这个集子里面原有的那些消极的不健康的成分。然而，由于这个集子原来是我在整风运动以前的作品的结集，它的根本弱点是无法完全改掉的。因此，我把第一版的《后记》仍然附在后面，以供读者参考。只是为了适应这次改编后的内容，我对它也作了一点删节。整风运动以后，我可以说是停止了写诗。仅仅发表过三篇，这次也编入了这个集子。我爱好文学并学习写作，都是从诗开始的。我写诗的时间最长久。虽然成绩太差，我仍然爱好诗这一文学形式，并不打算永远放弃它。但为什么这么多年不写呢？这是因为有相当长一个时期，我觉得当务之急是从学习理论和参加实际斗争来彻底改造自己的思想情感，写诗在我的工作日程上就被挤掉了。另外，如《初

---

① 《重印题记》为人文本刊行时所作。

版后记》所说的，新诗的形式问题也曾苦恼过我。整风运动后
写的三篇诗，虽然在内容上没有了过去的那种不健康的情感，
但在形式上仍没有什么显著的改进。这是自己也并不满意的。

一切问题的解决都需要时间。直到近来，我才对新诗的形式
问题有了一个初步的确定看法。我觉得首要的事情还是我们需要
广泛地深入地生活，从工农兵群众那里去取得原料；形式的问题
虽然也应该认真探讨和实验，但并不是很难解决的。像这个集子
里面的写法，句子太长，运用欧化的句法过多，都是缺点。但以
口语的节奏来作新诗的节奏的基础这一点，恐怕还是应该肯定的。
写得句子更短一些，更精炼一些，节奏更鲜明一些，更有规律一些，
同时仍然保持口语的自然，我想这就是比较可以行得通的写法。

很想歌颂新中国的各方面的生活，并用比较新鲜一点的形
式来写。但可惜我目前的工作不允许我经常到处走动，不允许
我广泛地深入地接触工农兵群众。又不愿使自己的歌颂流于空
泛，我就只有暂时还是不写诗。但我相信，以后我仍然有接触
新中国的各种生动的现实生活的机会，仍然有可能写出比这个
集子好一点的作品出来。这个旧日的集子，虽然其中也有一些
诗是企图歌颂革命中的新事物的，但整个地说来，却带着浓厚
的旧中国的气息。因此，它不足以作为新中国的读者的理想读物。
只是它总算是我长期学习写诗的一点结果，关心新诗研究新诗
的人或许还可以看看而已。

一九五一年十二月二日夜

附录

佚诗《夜歌（第五）》①

不知是由于冬天的晚上太长

还是我的被窝太薄，

我又在半夜里醒来，再也不能睡去。

但今晚上我很快活，

我要唱和从前很不相同的夜歌，

因为我没有想过去，

也没有想我自己，

而是在想着很多很多的同志。

首先我想起了你，

我们的十七岁的马耶阔夫斯基。

在你最近的一篇诗里，

你说在那个落雪的晚上

你冻醒了，再也不能睡去，

---

① 本诗为组诗《夜歌》之一，作于 1940 年 11 月 26 日，以《夜歌（第五）》为题刊载于《大公报》（香港）1941 年 3 月 1 日《文艺》第 1041 期，署名何其芳，不为《夜歌》诸单行本所收，亦不为《何其芳全集》所收。

而且你也并没有难过，

你在想着十月革命和列宁，

你在想未来的中国的夜晚的暖和。

第二天我见着你，

我并没有怎样谈论你的诗，

却把那当作一个实际问题：

我说，就是想在那还是要想法解决，

我说，我要你的小组长发动有大衣的同志

加一件大衣在你的被窝上。

但很快地你们就上山烧炭去了。

昨天你们从山上回来，

你们都说这几天你们工作得很好，

也生活得很好，

我也就忘记了问你这几天是不是睡得很暖和。

其次我想起了你，

我们的另一个很年青的写诗的同志。

我要对你说

我已经读了你昨晚上交给我的诗。

我很喜欢你歌唱着你在半夜里醒来，

听着和你拥挤地睡在一起的同志们的呼吸，

你感到像从前睡在祖母旁边一样舒适。
我很喜欢你歌唱着一位母亲用温暖的水
洗着孩子的小小的身体。

我们也就像那样小的孩子，
延安的生活和马列主义
也在洗着我们，
使我们清洁，不害疾病。

我又要和你谈着诗歌上的现实主义，
我们一定要能够从日常生活
感到动人的东西。

其次我想起了你，萧涵同志。
昨天我收到你们从绥德寄来的信
但是这几天我很忙，
要等一等才能够写回信。

你走的时候脸色是多么苍白！
但因为你是一个女同志，
我那时感到不能像对男同志一样
谈说我对于你的私人问题的意见，
而且我想当一个人最苦痛，

最好暂时不要去触动。

现在，你说，一切都过去了，

你在乡下工作得很好，

你离开乡下的时候

妇女主任拉着你的手流眼泪。

你说你的生活证明了我的话：

"只要我们不断地进步，不断地提高自己，

我们就能够努力工作而且得到快乐。"

我这半年真喜欢谈论快乐！

我认为只要我们能够把个人问题

放到一个适当的位置，而且解决得合理，

我们就不会有什么悲剧。

我真在奇怪，

自从有了人类就有了男女，

为什么对这个古老的问题

我们有时候还不会好好地处理？

我真想说，"人呵，你还是多么愚昧！"

你说你回到了绥德城里，

在休息，读书，准备些东西，而且捉虱子。

如同要完全杀死那些讨厌的小虫子，

我们要澈底消灭我们身上的个人主义！

其次我想起了你，我们的乡长同志。
在文学系你会写好文章，
到乡下去你又是一个好乡长。
我很喜欢你那种农民的朴实。
我想哪天再到你们那小村子里去玩一次。
那次你引我去拜访了那些农民的家庭，
而且游览了你们发现的风景区。
当我和另外的同志正躺在草地上
谈说着地上的事情，
你却望着天上问，"为什么鹰飞得那样高？"
我替你们感到了乡村生活的寂寞。

其次我想起了你，天清同志。
我想你大概也是一个十几岁的孩子。
你说你希望我把你当作一个弟弟。
我已经给你看了多少文章，写了多少信，
对我的亲弟弟我也不过如此。
因为对一个同志是要说老实话的，
我才说你还写得幼稚。
你说你决不灰心，要一直写到呼吸停止时为止，
因为有好多东西刺激着你。

这很好！有许多好作品都是这样写出来的。

你看我真是粗心，
我只是谈论你的写作，
只知道你的通信处是
"定边警备一团三营"，
很少问你在那边的生活情形，
甚至于还不知道你做的是什么工作。

我真是想起了太多太多的同志，
在延安的或者在别处的，
认识的或者只是通过信的，
像果戈里临死的时候
好多好多的人物，他自己的小说里的人物，
一齐来到了他的脑子里。

但我这个比喻不大合式。
我想起了你们
像看见一大片正在生长的植物
那样绿，那样新鲜，
而我自己也就快活地消失在那里面。

我很欢喜看见你们的年青的笑，

当在街上或者在学校，

我们碰见了，我们笑着打招呼，

仿佛说，"同志，你好！我也好！"

而且陕北的天气也好，

使人想引用普式庚的诗句，

"这里天是青的，人是自由的……"

而且我们不是他歌颂的那种波希米人，

我们是我们自己的土地的主人！

我真是想起了太多太多的同志，

太多太多的同志来到了我的脑子里！

你们都一齐来到了我的脑子里，

来到了我的眼前，来到了我的窑洞里。

我拖出了我所有的凳子还不够坐，

我要请几个坐在我的土炕上，

而且怕你们坐着太凉，我要垫上我的老羊皮大氅，

而且我要烧起我火盆里的炭火。

我要说，

好，你们工作得很好！

我也做了很多事情，

并没有一天只是吃饭，睡觉！

我要告诉你们，

虽说这几天很冷，

我今晚上还是第一次烧起炭火，

为着你们这些客人，

因为今年的炭是我们自己上山去烧的，

我要用得很节省。

但是，坐在我对面的我们的生产大队长！

这你早已知道。

你现在很有精神，很有热心，

再也没有了你几个月前

和我从黄昏一直谈到相当夜深的

那种烦躁，那种苦恼。

你现在学习得很好，也工作得很好！

我们要谈很多很多的事情。

我们要谈到天明。

最后，我要引用我们的十七岁的诗人的诗句，

如同我引用普式庚或者拜伦，

因为我并不轻视今人，把古人抬得太高。

"好，我们生活得很好！"

十一月二十六日，一九四〇